AF284615

Peter Timm

Wo die Schrecken geboren werden

Schauergeschichten
nach wahren Begebenheiten

Bibliografische Information der Deutschen Nationalbibliothek: Die Deutsche Nationalbibliothek verzeichnet diese Publikation in der Deutschen Nationalbibliografie; detaillierte bibliografische Daten sind im Internet über dnb.dnb.de abrufbar.

Herstellung und Verlag: BoD – Books on Demand, Norderstedt

ISBN: 978-3-7557-6831-9

www.magisch-leben.com
blog.magisch-leben.com

Vorwort

Seltsame Begegnungen, unheimliche Orte, verfluchte Objekte und unerklärliche Geschehnisse – das Leben schreibt Geschichten die so skurril und unwillkürlich sind, dass selbst der beste Autor alle Fantasie aufbieten muss, um mit dem Leben mitzuhalten.

In all den Jahren, in denen ich mich mit der Magie und dem Übersinnlichen befasse und dabei anderen Menschen helfe oder mich mit Gleichgesinnten austausche, habe ich so einiges erfahren, gehört und vor allem eines – selbst erlebt. Manches davon war sonderbar, manches war lustig. Manches war unheimlich und manches wiederum aufregend. Doch dann gibt es diese Ereignisse, die einen Menschen tief im Innern erschüttern oder gar seine Grundfesten niederreißen. Es gibt Dinge, die alles in Frage stellen. Dinge, die einen zweifeln lassen. Zweifeln an sich selbst, dem eigenen Verstand, der Welt.

Ich habe aus den für mich bedeutendsten Erlebnissen einige ausgesucht und in Kurzgeschichten niedergeschrieben, um sie mit anderen Menschen zu teilen. Natürlich habe ich mich der Freiheit eines Autors bedient. Doch der Kern jeder Geschichte, der Anlass jeder Geschichte, entspringt einer persönlichen Erfahrung meiner Person. Und jede Geschichte wirft Fragen auf. Fragen, deren Antworten nur dort zu finden sind – dort, wo die Schrecken geboren werden.

Mechanik

Montag

Heute ist ein guter Tag. Wir haben ein neues Stück bekommen, das es zu restaurieren und zu reparieren gilt. Es ist sehr lange her, dass ich etwas derartiges in die Finger bekam. Groß und elegant. Das ist noch wahre Handwerkskunst. Ich freute mich sehr auf die Arbeit und begann sogleich. Wie immer schaute ich zuerst, was noch funktionierte. Die Mechanik an sich scheint in Ordnung zu sein. Nur manchmal klemmt etwas. Ich vermute, dass der Zahn eines Rädchens gebrochen ist. Aber das werde ich später herausfinden müssen. Das Holz ist ganz schön mitgenommen. Einige Teile werde ich wohl austauschen müssen. Die Beize ist irgendwie besonders. Ich hoffe ich werde keine Probleme bekommen, etwas Passendes zu finden. Ansonsten muss ich sie komplett abschleifen und erneuern. Die Metallverzierungen sind noch in einwandfreiem Zustand. Eigentlich ungewöhnlich, wenn ich mir die Abnutzung am Holz ansehe. Auch das Glas ist wie neu. Aber was soll's – je mehr Originalteile, desto besser! Ich denke das gute Stück wird viel Aufmerksamkeit von mir fordern. Ich werde meinem Sohn das Geschäft vorn so lange überlassen. Das Schmuckstück soll sich schnell über einen neuen Besitzer freuen.

Dienstag

Heute fühle ich mich wie gerädert. Ich habe schlecht geschlafen. Meine Frau meinte, ich hätte im Schlaf getreten und gemurmelt. Ich kann mich aber an keinen Traum erinnern. Das kann mich aber nicht davon abhalten, mich wieder unserem neuen Gast zu widmen. Ich habe beschlossen, so viel vom Original wie möglich zu erhalten. Ich habe daher eine Probe dieser Beize oder Lasur abgeschabt und einem Freund gegeben. Der kennt sich mit der ganzen Chemie aus. Er wollte es für mich in seinem Labor analysieren lassen. Ich hoffe nach wie vor, dass es noch etwas Derartiges gibt um den Anstrich zu erneuern. Ansonsten bleibt mir wirklich nur das Abschleifen. Außerdem habe ich an der Front alle hölzernen Zierleisten entfernt. Sie waren fast alle stark beschädigt. Wenn ich es nicht besser wüsste, würde ich meinen, dass auf einigen Bissspuren zu erkennen sind. Der Größe nach muss es ein Erwachsener gewesen sein. Aber wer sollte so etwas tun? Sicher sind es nur Transportschäden oder gar Spuren unsanfter Stubentiger. Aber es gibt auch eine gute Nachricht. Das ganze Holz ist robuste Eiche. Nicht umsonst hat das gute Stück so viel Jahre überdauern können. Ich könnte passendes Holz besorgen und damit beginnen, die neuen Zierleisten nachzubauen. Ich habe es schon immer gelebt, mit Werkzeugen dem Holz eine geschmeidige Form zu geben. Hobeln, Schleifen, Fräsen – die Holzspäne und ich sind Freunde. Die filigrane Arbeit wird sich am Ende mehr als auszahlen. Ich bin motiviert.

Mittwoch

Ich habe wieder schlecht geschlafen. Und wirklich mies geträumt noch dazu. Mir erschien im Traum immer wieder eine schreckliche Gestalt. Eine nackte Frau ohne Gesicht. Ihr Körper war blutverschmiert und sie hatte lange schwarze Haare. Ihre Hände und Füße waren in die Ecken einer Holzkonstruktion genagelt worden, an den Gelenken hingen Eisenketten. Die Konstruktion erinnerte mich stark an einen Türrahmen. Woher nimmt mein Verstand nur diese Bilder? Besser ich kümmere mich nicht weiter darum. Meiner Frau habe ich nichts gesagt. Ich möchte sie nicht beunruhigen. Je mehr Aufmerksamkeit man solchen Dingen gibt, desto mehr Raum nehmen sie im Leben ein. Das hat meine Großmutter, Gott sei ihr gnädig, schon immer gesagt. Trotz meiner morgendlichen Erschöpfung bin ich gut vorangekommen. Mit den großen senkrechten Zierleisten bin ich heute fertig geworden. Die kleinen erfordern mehr Handarbeit. Danach werde ich mir wohl die Standfüße vornehmen müssen. Die Arbeit ging mir so richtig leicht von der Hand. Ich habe dabei auch ganz die Zeit vergessen. Das Essen der Ehefrau nicht zu würdigen ist schon ein Frevel, aber von der erbosten Gattin dann auch noch spät abends aus der Werkstatt zitiert zu werden ist noch schlimmer. Für morgen werde ich mir einen Wecker stellen. Manchmal nimmt einen das Handwerk schon sehr ein. Aber wieso hat mein Sohn mich nicht mitgenommen?

Donnerstag

Schlechter Schlaf und Alpträume werden wohl zur Gewohnheit. Heute Nacht bin ich aufgewacht und konnte mich nicht rühren. Dann packte mich die Panik, denn ich hatte das Gefühl jemand drückt mich in das Bett. Ich fühlte wie meine Schultern immer tiefer in die Matratze sanken. Doch ich konnte nichts tun. Ich sah nichts, ich konnte nicht rufen. Kalter Schweiß lief von meiner Stirn. Irgendwann konnte ich mich aus dieser Starre befreien und schlug dabei versehentlich meine Frau. Sie hat einen Bluterguss auf dem Oberarm. Zum Glück hat sie es mit Humor genommen. Vorgewarnt schien sie von den vorherigen Nächten jedenfalls auch schon zu sein. Was meine Arbeit betrifft so habe ich mich heute wohl selbst übertroffen. Alle Zierleisten und die neuen Füße sind fertig. Morgen werde ich das Ergebnis von meinem Freund zu der Beize bekommen. Dann wird sich zeigen, wie ich den neuen Anstrich bewerkstelligen muss. Ich habe übrigens meinen Sohn gefragt, wieso er mich nicht mitgenommen hatte gestern. Er meinte ich war nicht von der Arbeit weg zu bekommen und hätte ihn ignoriert. Ich sei nicht ansprechbar gewesen. Das ist eigentlich nicht meine Art. Aber bei so einem seltenen Stück versinke ich wohl buchstäblich in meiner Arbeit. Meine Idee mit dem Wecker hat leider nur fast geklappt. Ich kam eine Stunde später als geplant aus der Werkstatt. Ich muss ihn wohl falsch gestellt haben. Morgen achte ich genau darauf. Und Herr, lass mich heute Nacht gut schlafen!

Freitag

Heute fühle ich mich nicht mehr so gerädert. Ich habe besser geschlafen, wenn auch seltsam geträumt. Mir erschien immer wieder eine alte, blinde Frau im Schlaf. Ich glaube ich habe sie irgendwo schon einmal gesehen. Sie wollte mit mir sprechen, aber immer, wenn sie etwas sagte, hatte ich ein lautes Rauschen in meinen Ohren. Wirklich ein seltsamer Traum. Ich schreibe heute übrigens in meiner Werkstatt. Meine Enkelin war gestern zu Besuch und sie muss mein Tagebuch gefunden haben. Meine Frau hat sie weinend mit dem Buch vorgefunden. Jetzt hat sie Angst vor der Frau mit den schwarzen Haaren. Von meiner Frau gab es noch einen ordentlichen Rüffel. Ich sollte mein Tagebuch doch besser verstecken, damit so etwas nicht wieder passiert. Nebenbei schimpfte sie dann noch auf mein neues Projekt. Ich sei gar nicht wieder zu erkennen, seit ich daran arbeite. Inzwischen bin ich auch überzeugt davon, dass das gute Stück etwas Unheimliches an sich hat. Ich habe die Ergebnisse aus dem Labor bekommen. Mein Freund sagte, dass es eigentlich nicht sein könne, aber die Beize bestehe aus den Überresten menschlichen Blutes und einer weiteren Substanz, in der es gebunden ist, die sie jedoch nicht zuordnen konnten. Ich kann mir das auch nicht vorstellen. Wer streicht schon Holz mit Blut ein? Aber auch ein Labor macht Fehler oder verwechselt Proben. Aber so hilft es alles nichts. Ich muss den ganzen Korpus schleifen und neu anstreichen. Das wird dann heute mein Tageswerk.

Samstag

Gestern Abend ist etwas Schreckliches geschehen. Wir können uns alle nicht erklären, wie es dazu kam. Mein Sohn holte mich aus der Werkstatt und riss mich aus der Arbeit. Meine Frau liegt im Krankenhaus. Sie hat Schürf- und sehr schwere Brandwunden am ganzen Körper. Sie musste in ein künstliches Koma versetzt werden. Wir sind völlig ratlos, was passiert ist. Meine Frau habe in der Küche gestanden und das Abendessen zubereitet. Dann hörte mein Sohn sie schreien und fand sie blutüberströmt auf dem Boden liegen. Die Ärzte stehen auch vor einem Rätsel. Die Polizei wurde hinzugezogen, da man ein Gewaltverbrechen vermutet. Sie sehen in meinem Sohn einen Verdächtigen, da er mit ihr allein war. Ich kann das nicht glauben. Wäre er nicht da gewesen, dann wäre meine Frau vermutlich... Ich werde versuchen heute einen Arzt zu sprechen. Sicherlich wird es schwierig an einem Wochenende, aber ich möchte Antworten haben. Was ist nur mit meiner Frau geschehen? So langsam glaube ich immer mehr, dass dieses Ding an allem schuld ist. Meine anfängliche Begeisterung wandelt sich in Verachtung. Ich weiß nicht, wo mir der Kopf steht. Und doch kann ich mich von der Arbeit nicht losreißen. Es muss fertig werden, damit wir es schnell wieder los sind, dieses verfluchte Ding. Dabei fällt mir ein, dass ich mich gar nicht mehr richtig erinnern kann, wer sie uns gebracht hat. Ich frage meinen Sohn noch einmal.

10

Sonntag

Mir geht es nicht gut. Ich fühle mich völlig ausgelaugt. Ich habe wieder nicht gut schlafen können. Aber ich denke dieses Mal war es mehr die Sorge um meine Frau. Ich konnte gestern keinen Arzt mehr sprechen. Meine Frau liegt auf der Intensivstation, mit all diesen Kabeln, Schläuchen und Geräten. Mein Sohn macht sich große Vorwürfe. Hätte er meiner Frau beim Essen machen geholfen, wäre das alles vielleicht nicht passiert. Und ich? Hätte ich nicht an diesem Ding gearbeitet, wäre ich auch bei meiner Frau gewesen. Wieso passiert das alles? Was hat das zu bedeuten? Ich stecke all meine letzte Kraft in dieses Teufelsding, damit wir es so schnell wie möglich loswerden. Es wäre mir egal wer es kauft, es soll einfach meine Familie in Frieden lassen. Würden wir das Geld nun nicht so dringend brauchen, würde ich es auch dem Feuer übergeben, denn mittlerweile glaube ich flüsternde Stimmen zu hören, wenn ich daran arbeite. Sicher sind es nur meine Nerven. Die Umstände sprechen dafür. Aber...

Herr im Himmel, steh uns bei!

Das Rot in
den Bäumen

13

Schon lange bevor es in den sozialen Medien zum Trend wurde, sogenannte Lost Places zu erkunden, hatte ich eine Leidenschaft für mysteriöse Orte. Als ich nach Grimmen gezogen bin, schien diese Stadt optimal für solche Erkundungen zu sein. "In Grimmen soll's nicht stimmen"; diesen Spruch bekam ich oft zu hören. Und tatsächlich gab es so einige Sagen und Legenden, die zur Stadt gehörten. Ich lernte eine ansässige junge Frau kennen, die meine Leidenschaft teilte. Wir freundeten uns an und machten uns des Öfteren gemeinsam auf den Weg. Doch es gab eine Sage, die es uns besonders angetan hatte: die des Schwarzen Sees. Überliefert ist sie wie folgt:

"Die Stadt Grimmen hat früher an einer anderen Stelle gestanden, als jetzt, nämlich da, wo heutiges Tages der sogenannte schwarze See ist. Die Stadt ist allda versunken, mit Allem, was darinnen war. Wann und wie dies geschehen ist, weiß man nicht mehr, denn es ist schon viele hundert Jahre her. Aber daß es wahr ist, beweiset der schwarze See, den man an ihrer Stelle findet. Derselbe liegt ungefähr eine Achtelmeile von der jetzigen Stadt Grimmen, links am Wege nach Grellenberg. Er ist länglichrund, ungefähr siebenzig Schritte lang, wo er am längsten ist, und sechzig Schritte breit. Wie tief er ist, das weiß kein Mensch: denn er soll gar keinen Grund

14

haben. Er ist rund umher mit kleinen Anhöhen und einem Elsenbusche umgeben. Der Boden dieses Busches ist so feucht und morastig, daß man nur in ganz trocknen Sommern bis an die Ufer des Sees gelangen kann. Das Wasser in diesem ist ganz schwarz und bitter. Es verändert sich niemals. Der Wind mag leise wehen, oder auch noch so viel stürmen, der See bleibt immer ruhig, und es hat noch Keiner gesehen, daß das Wasser darin sich auch nur ein einziges Mal gekräuselt hätte. Das soll davon kommen, daß der See, wie die Leute sagen, auf der versunkenen Stadt ruhet. Es lebt auch kein Fisch in diesem Wasser, und das kommt davon her, daß eine geweihete Kirche darunter versunken ist. Die Glocken der Kirche kann man noch oft hören."

Die Volkssagen von Pommern und Rügen, J. D. H. Temme, Berlin 1840, Nr. 166

Ein schwarzer See mit einer versunkenen Stadt. Wie konnte uns das nicht interessieren? Doch da gab es ein Problem. Die Beschreibung der Lage. Anhand von Luft- und Satellitenbildern war zwischen Grimmen und Grellenberg kein solches Gewässer zu finden. Die Beschreibung selbst ist schon weit über 100 Jahre alt. Wie mögen die Wege damals verlaufen sein? Und was, wenn es

15

nur eine Metapher ist und der See gar kein eigentlicher See? Es half nichts. Wir mussten weiter recherchieren und den Text interpretieren.

Eine Achtelmeile. Ist dies schlicht ein Achtel einer Meile? Was ist meine Meile? Je nach Ort und Zeit hatte eine Meile verschiedene Maße oder Bezeichnungen. So gab es auch Zeiten, in denen sie Leuge hieß. Ein Achtel einer heutigen Meile waren lediglich 201 bis 231,5 Meter. Und so nah an der heutigen Stadt konnte eine alte Stadt nicht versunken sein. Auch war kein passendes Gewässer auf den Karten zu finden. War es vielleicht ein Druckfehler und es war eine Achtermeile, also das Achtfache einer Meile? Möglich wäre es wohl. 8 Meilen in Richtung Grellenberg und man befindet sich inmitten von Wald und Feld. Der See könnte ausgetrocknet oder überwuchert sein. Doch auch das war immer noch zu vage. Wir suchten weiter und stießen schließlich auf historische Meilen, wie etwa der deutschen Landmeile oder der preußischen Meile, welche besser in die Zeit passten. Beide lagen ungefähr bei 7500 Metern. Damit würde der See etwas weniger als einen Kilometer von der heutigen Stadt entfernt sein. Und ein weiteres Rätsel gab der Text auf. Der See sei umgeben von einem Elsenbusch. Was war nun also ein Elsenbusch? Es gibt eine Baumart namens Elsbeere, die auch schöne Else genannt wird. Aber die war nicht typisch für die Region. Daneben gibt es noch die Schwarz-Erle, welche ebenfalls Else oder Eller genannt wird. Eine Schwarz-Erle die einen schwarzen See umsäumt?

Das schien plötzlich aufzugehen. Auch gibt es viele Erlen in der Region. War das also nun der Baum, nach dem wir Ausschau halten sollten? Wir hatten dabei ein gutes Gefühl, aber noch lange keine Gewissheit. Welche weiteren Hinweise gab uns also die Legende? Der See sollte links des Weges nach Grellenberg liegen. Es gab hinter der Stadt noch eine Straße entlang eines landwirtschaftlich genutzten Feldes. Diese heißt Grellenberger Straße. Es liegt nahe, dass dies der alte Weg nach Grellenberg sein muss. Doch links des Weges ist nichts als Feld. Nicht einmal ein Wasserloch. Das Gebiet wurde als sumpfig beschrieben. Die Trebel verläuft in einiger Entfernung rechts des heutigen Weges. Und dort, am anderen Rande des Feldes, scheint es auch einen Trampelpfad zu geben. War dies vielleicht der alte Weg nach Grellenberg? Beide führten zumindest in die gleiche Richtung – nach Grellenberg. Wie wir also die Luftbildkarten studierten viel uns plötzlich etwas auf. Etwa auf dem halben Wege nach Grellenberg befand sich rechts der heutigen Grellenberger Straße ein Waldstück, welches das Feld durchtrennte. Und inmitten dieses Waldstückes gab es einen dunklen Fleck. Was war das? Haben wir etwa den See gefunden? Es war keine offene Stelle und auch kein Gewässer. Bei höherer Auflösung erkannten wir, dass es ein Stück Wald war, in dem nur Nadelbäume wuchsen, die dunkler erscheinen als Laubbäume. Und dieser dunkle Fleck der Nadelbäume war von Laubbäumen umgeben. Ob nun Schwarz-Erle oder Elsbeere – beides sind Laubbäume. War der schwarze doch nur eine

17

Metapher für einen sehr dunklen Ort in dem Wald? Läge der alte Weg nach Grellenberg wirklich unweit der Trebel, so liegt der Ort auch links des Weges. Aufregung machte sich in uns breit. Unsere Neugier war nun nicht mehr zu bändigen. Sicher war das alles sehr vage, womöglich falsch interpretiert und ohne Gewissheit, doch unsere Lust auf Abenteuer war nun unstillbar geweckt. Irgendwie fügte es sich alles in unseren Köpfen zusammen. Und schließlich fassten wir den Entschluss, diesen Ort im Wald zu erkunden. Selbst wenn es nicht der schwarze See von Grimmen sein würde, aber ein solch auffälliger Fleck in der Luftkarte konnte nur Spannendes verheißen. Wir hatten gerade noch Februar und das Wetter war noch etwas zu kalt und zu nass für eine solche Expedition. Also warteten wir noch und recherchierten weiter.

Im Mai war es dann endlich soweit. Es war für einige Tage trocken und die Temperaturen angenehmer, um wandern zu gehen. Neue Erkenntnisse hatten wir noch keine gewonnen. Dafür aber neues Interesse an der paranormalen Untersuchung von Orten. Es war das Jahr 2007 und die Technik nicht mit dem heutigen Stand zu vergleichen und um einiges kostspieliger. So hatten wir lediglich einen Kompass zur Hand, um Störungen des Magnetfeldes zu erkennen, ein Pendel um das Gefühl eines Ortes sichtbar zu machen und ein Magnetband-Diktiergerät, um eventuelle Tonbandstimmen einzufangen. Mit diesen Dingen und einem schwarzweißen

Ausdruck der Luftkarte machten wir uns schließlich auf den Weg. Meine Freundin war bereits in Besitz eines Autos und so fuhren wir durch die Stadt, hinter ihren Grenzen vorbei an der Volkshochschule und schließlich über einen Nebenweg auf die Grellenberger Straße. Wir folgten ihr etwa bis zur Hälfte. Dort stellten wir das Auto am Straßenrand ab und folgten einem Weg zur Rechten, der das große Feld teilte und direkt zum Waldstück führte. In der Ferne zu unseren Linken lag Grellenberg, am Horizont grüßten uns die Rotorblätter von Windkraftanlagen. Es ging kaum Wind und sie bewegten sich entsprechend langsam. Jeder mit einem Rucksack bepackt schritten wir also den Weg entlang, der vom jungen Getreide der Felder gesäumt wurde. Voller Vorfreude malten wir uns aus, was uns wohl erwarten würde und ob wir überhaupt etwas finden würden. Wir kamen schließlich zu einer Gabelung. Dort befand sich auch eine alte kleine Wasserschleuse. Früher wurden damit sicher die Felder mit Wasser versorgt. Unser Weg führte uns nach rechts, in jenes Waldstück, in dem der dunkle Fleck auf der Luftkarte zu sehen war. Als wir an den ersten Bäumen vorbei waren, zückte jeder sein Werkzeug. Meine Freundin nahm den Kompass zur Hand, ich startete das Diktiergerät und nahm ein Rosenquarzpendel zur Hand in der Hoffnung, es fördere die Intuition. Der Frühling war regelrecht zu spüren. Ein süßer Duft lag in der Luft und die Vögel sangen aus voller Kehle. Der Waldboden war noch immer mit Blättern aus dem Herbst bedeckt. Es gab viele kleinere Lichtungen in dem Waldstück, durch die die Sonne hindurch schien. Wir wurden still und aufmerksam und sprachen kein Wort mehr. Jeder war in das Vorhaben vertieft und sah sich um. Dabei bemerkten wir kaum, dass wir uns etwas voneinander entfernten. Ich bewunderte einige bizarr verwachsene Wurzeln und majestätisch anmutende Bäume. Doch von Elsen noch keine Spur. Ich blieb einen Moment stehen und ließ das Pendel frei von meiner rechten Hand schwingen. Es machte kleine Kreisbewegungen im Uhrzeigersinn. Ich spürte nichts Ungewöhnliches. Plötzlich schrak ich auf, denn jemand rief nach mir. Es war meine Freundin. Erschrocken blickte ich mich um. Ich konnte sie nicht sehen. Ich drehte mich im Kreis und versuchte sie zwischen den ganzen Baumstämmen und Sträuchern auszumachen. Doch ich sah sie nicht. Wie weit bin ich gegangen? Wie weit hatten wir uns entfernt? Ich rief zurück um meine Position bekannt zu geben. Doch sie rief mich zu sich. Sie wollte mir etwas zeigen. Ich folgte ihrer Stimme und habe sie zum Glück rasch gefunden. Sie wirkte verunsichert und verloren als mein Blick sie erhaschte und so ging ich zügig durch den raschelnden Boden zu ihr. Mein Eindruck täuschte nicht. Sie war wirklich verunsichert und sehr irritiert. Hastig zeigte sie mir den Kompass. Ich konnte nichts Seltsames daran erkennen. Die rote Nadel zeigte ruhig in eine Richtung. Verdutzt fragte ich sie, was denn los sei und dass der Kompass doch funktioniere. Die rote Nadel zeigte nach Süden, dem magnetischen Nordpol, und rotierte nicht. Die Worte, die sie mir zur Antwort gab, ließen jedoch meinen Atem stocken. "Aber dort ist nicht Süden! Schau nach der Sonne!". Tatsächlich, sie hatte Recht. Der Kompass hätte nach Norden zeigen müssen, doch er zeigte nach Osten. Langsam stieg in mir die Begeisterung hoch. Ganz anders bei meiner Freundin, die nicht wusste, wie sie diese Sache einordnen sollte. Ich argumentierte, dass wir dem Kompass folgen sollten. Der dunkle Fleck auf der Karte lag auch im östlichen Teil und wenn wir herausfinden wollen, was die Kompassnadel so anzieht, müssten wir ihr folgen. In ihren Augen sah ich die Mischung aus Neugier und Vorsicht. Schließlich willigte sie ein und wir folgten dem Kompass. Die Lichtungen wurden immer rarer und der Wald dichter. Zu unserem Glück verdeckten nun auch ein paar Wolken die Sonne und tauchten den Wald in ein unwirkliches Licht. Langsam wurde uns mulmig. So richtig wussten wir nicht, wie weit wir schon in den Wald vorgedrungen waren. Der Kompass zeigte beständig weiter gen Osten. Es wurde merklich still um uns herum. Es waren keine Vögel mehr zu hören. Doch weder fanden wir Elsen noch Nadelbäume. Stattdessen stießen wir plötzlich auf große Steine. Sie hätten durchaus von dem unteren Bereich einer mittelalterlichen Befestigungsmauer stammen können. Die grauen und bemoosten Zeitzeugen steckten etwa bis zur Hälfte im Waldboden. Es waren nicht viele. Ihre Anordnung schien unwillkürlich. Wir konnten kein bestimmtes Muster oder einen Kreis ausmachen. Wir gingen, an den Steinen vorbei, noch etwas weiter. Die Atmosphäre im Wald wurde immer dichter und beklemmender. Meine Neugier war ungebrochen, doch ich konnte auch die Besorgnis im Gesicht meiner Freundin nicht übersehen. Ich beruhigte sie. Das gesamte Waldstück an sich war nicht riesig. Es wäre ohne große Anstrengungen möglich, den Wald komplett zu durchschreiten und wieder auf einem der umliegenden Felder zu landen. Sie stimmte mir zu und mit neu gefasstem Mut gingen wir also gemeinsam weiter. Wir erreichten eine Senke. Der Boden war voller Laub und es roch modrig. Kein Lüftchen ging, es war totenstill. Ich ging in die Mitte der Senke. Meine Freundin blieb am Rand stehen und sah sich behutsam um. Ich nahm das Pendel wieder zur Hand, in der anderen noch immer das Diktiergerät. Das Pendel bewegte sich nur, als ich es hängen lies und blieb dann still, regelrecht steif. Plötzlich riss die kleine Metallkette und das Pendel fiel zu Boden. In dem Augenblick sah meine Freundin zu mir herüber. Verwundert sahen wir uns an. Ihren Gesichtsausdruck lesend war mir klar, dass wir beide dasselbe dachten. Wie aus dem Nichts gab es plötzlich ein tiefes Dröhnen aus dem Erdboden. Es schien direkt aus der Senke zu kommen. Ich habe noch nie so ein Geräusch gehört. Es ist schwer mit Worten zu beschreiben. Das Dröhnen war beinahe wie ein tiefes Ausatmen von etwas, das hätte gigantische Ausmaße annehmen müssen. Wir sahen uns um. Kein Lüftchen wehte. Es konnte nicht der Wind gewesen sein, der durch unglückliche Umstände diesen Laut erzeugt hatte. Ich bekam Gänsehaut am ganzen Leib. "Lass uns hier weg, jetzt!", rief meine Freundin mir zu. Dann schien es, als würde der Waldboden ganz sacht schwanken. Von Panik ergriffen rannte meine Freundin los und forderte mich auf, mitzulaufen. Ich zögerte zunächst. Etwas in mir wollte unbedingt ergründen, was hier vor sich ging. Doch dann machte sich auch in mir die Panik breit, mein Herz raste, die Glieder kribbelten. Adrenalin füllte meine Adern. Ich rannte los und folgte ihr. Wir liefen in die Richtung, aus der wir kamen. Doch den Steinen begegneten wir nicht. In diesem Zustand der Erregung ist die Wahrnehmung aufs Äußerste gespitzt. Jede Minute fühlt sich wie eine Ewigkeit an. Der Weg den wir liefen, schien endlos. Zuerst schenkte ich meiner Verwunderung keine Beachtung. Doch dann blieb ich stehen und rief meiner Freundin zu, ebenfalls stehen zu bleiben. Wir sind den Steinen nicht mehr begegnet. Ich sagte, wir müssten jetzt überlegt handeln und nicht Blind in eine Richtung laufen oder schlimmstenfalls im Kreis, ohne es zu bemerken. Sie stimmte mir zu. Doch was sollten wir tun? Der Kompass schien keine Hilfe zu sein, denn er wechselte nun ständig die Richtung. Die Sonne war ebenfalls nicht zu sehen. Gerade als wir versuchten, uns wieder zu beruhigen, entdeckte ich ein Stück weit hinter ihr etwas im Baum. Ich fragte was das ist und sie drehte sich um, um ebenfalls danach zu sehen. "Oh nein...", mehr brachte sie nicht heraus. Ich konnte nicht erkennen, was das war. Es war für mich wohl an der Zeit, mir eine neue Brille machen zu lassen. Ich ging näher, um zu erkennen, was es ist. Verzweifelt versuchte sie mich davon abzuhalten. "Geh da nicht hin. Ich weiß, das das ist! Sieh nicht hin! Wir müssen weg von hier!", sagte sie immer wieder. Doch ich blieb unbeirrt und schritt auf den Baum zu, in deren unteren Ästen ich dieses etwas entdeckt hatte. Laut schrie sie meinen Namen und ich blieb stehen. Ich war nun nah genug dran und erkannte, was dort im Baum hing. Es war das Fell eines Wildschweins und es tropfte noch Blut herab. Ich schreckte zurück und sah, dass noch mehr davon in den Bäumen hingen. Schnell eilte ich an ihre Seite. Welcher Jäger macht so etwas? "Kein Jäger!", war ihre Antwort. Hängt man Felle einfach so hoch in Bäumen auf? Gibt es dafür nicht Einrichtungen? Wo war der Rest der Tiere? Und wo waren wir? Was ging dort vor sich? Noch viele weitere Fragen schossen mir eine nach der anderen durch den Kopf. "Wir haben Mai. Wildschweine haben Schonzeit, es wird nicht gejagt!", gab sie mir auf eine meiner zahllosen Fragen wieder. Ich wusste nicht, wovor ich mehr Angst haben sollte. Vor dem merkwürdigen Verhalten des Kompasses, dem Geräusch aus der Senke oder dem etwas oder dem Menschen, der diese blutigen Felle so hoch oben in den Bäumen aufgehangen hat. Mein Kopf wurde leer. Panik beherrschte meinen ganzen Körper und wir rannten einfach los. Die Bäume rauschten an uns vorbei und kein Strauch oder liegendes Holz vermochte uns aufzuhalten. Ich habe keine Ahnung wie, aber wir liefen scheinbar geradeaus und gelangten schließlich auf das Feld. Wir liefen

24

und liefen bis wir schließlich die Straße sahen und das Auto. Wir stiegen hastig ein und fuhren fort. Wir fuhren ans andere Ende der Stadt, zu einem Parkplatz, auf dem wir abends öfter standen und uns unterhielten. Langsam kamen wir wieder so richtig zu uns. Wir hatten keine Erklärung für das, was wir erlebt haben. Der Schreck bei meiner Freundin saß tief, und sie weigerte sich, davon weiter zu sprechen. Ich nahm das Diktiergerät. Es lief nicht mehr. Die Kassette muss voll gewesen sein. Diese kleinen Kassetten haben nur eine halbe bis dreiviertel Stunde Kapazität pro Seite. Ich habe gar nicht bemerkt, dass das Gerät stoppte und nicht daran gedacht, die Kassette umzudrehen geschweige denn, neue einzulegen. Ich hoffte, so viel möglich dennoch erfasst zu haben. Ich konnte sie überreden, dass wir uns die Aufnahme zusammen anhören. Doch sie endete leider noch bevor meine Freundin mich das erste Mal rief, weil der Kompass nicht mehr nach Norden zeigte. Nun fühlte sie sich bestätigt darin, nicht mehr darüber zu sprechen. Überhaupt mied sie das Erkunden und alles Übersinnliche nach diesem Ereignis vollständig. Doch mich lies es nicht los. Ich wollte mehr wissen, hatte aber nun niemanden mehr, mit dem ich erneut diesen Horrortrip wagen konnte. Doch das war nicht der einzige Grund. Ich verstand es absolut nicht. Auf jeder Aufnahme war der dunkle Fleck in dem Waldstück verschwunden. Als hätte es ihn nie gegeben. Sogar auf unserem Ausdruck war nichts Auffälliges mehr zu sehen. Der ganze Vorfall war höchst seltsam. Ich habe keine plausible Erklärung dafür. Doch den schwarzen See habe ich später gefunden. Im Heimatmuseum der Stadt gab es eine alte Landkarte auf der der "schwarte Zee" eingezeichnet war. Er war tatsächlich nur unweit der heutigen Stadt entfernt, liegt sogar links der Grellenberger Straße auf dem hinteren Teil eines großen privaten Grundstückes und ist nicht mehr, als ein großer Tümpel zwischen dem Grundstück und einem Feld. Und wenn das nun der echte und unspektakuläre schwarze See bei Grimmen ist, was haben wir dort bloß im Wald gefunden?

Allein

„Das ist es also, mein eigenes Heim. Meine eigenen vier Wände und ich ihre Herrin. Auch wenn die Arbeit nicht wirklich schmeckt, aber mit dem Geld kann ich immerhin mein eigenes Reich finanzieren. Nun muss nur noch der passende Mann her. Und den werde ich mir schon noch angeln!"

Ich komme mir regelrecht fremd vor, wenn ich diese Zeilen lese, die ich damals voller Stolz geschrieben habe. Meine eigenen vier Wände, mein eigenes Reich. Pah! Heute ist es fast schon lächerlich. Nie, niemals hatte ich dieses alte Stadthaus für mich allein. Die Vergangenheit lässt sich nicht ändern. Aber ich frage mich wie es gekommen wäre, hätte ich nicht das Antiquariat besucht. Ich erinnere mich noch ganz genau. Dort stand sie in all ihrem Charme, das seltsame Ding. Ich bewunderte das dunkle Holz, die Intarsien und das golden glänzende Messing jeder einzelnen Ziffer und der Zeigers. Eine wunderschöne Uhr wie aus Urgroßmutters Zeiten. Ich hatte noch einen gewissen Betrag aus dem Kredit für das Haus übrig. Ich wollte sie unbedingt haben. Der Preis hat gestimmt, das Geld reichte genau aus. Ich glaubte noch, es sei ein Zeichen. Diese Uhr gehöre zu mir. Ich erinnere mich auch noch an den Tag der Anlieferung, welche das Antiquariat freundlicher Weise übernahm. Eine alleinstehende Frau solle sich ja schließlich nicht allein mit so einer großen schweren Uhr abkämpfen. Eigentlich passte sie gar nicht zu meiner Einrichtung. Oldschool meets IKEA. Das ging einfach nicht. Ich

28

konnte sie also nicht ins Wohnzimmer stellen. Ich entschied mich dann für den Flur oben. Der war neutral gehalten mit weißen Wänden und Sideboards, zu den Füßen ein Hochflorteppich in der Farbe meines geliebten Milchkaffees. Die Männer wuchteten vorsichtig das Prachtstück die Treppe hinauf. Und dann stand sie dort, ganz am Ende des Flures, neben der Tür zu meinem Schlafzimmer. Als ich sie das erste Mal aufzog, war es noch etwas Besonderes. Ich bekam regelrecht Gänsehaut und freute mich wie ein kleines Kind, als ich das Pendel anstieß und es mit einem schweren „Tick-Tack" fleißig weiter schwang. Zufrieden mit mir und der Uhr ging ich wieder hinab und räumte noch ein paar Sachen umher. Ich hatte nur noch einen Tag Urlaub, dann ging die Arbeit wieder los.

Eines hätte mich von Anfang an stutzig machen sollen. Ich konnte nie richtig ruhig schlafen. Oder war es einfach normal, in der neuen Umgebung? Auch, wenn es das eigene Haus ist - zu Anfang ist es neu und fremd. Ja, das muss es sein. Es war einfach völlig normal für mich. Ich weiß noch, wie ich mich immer wieder von einer Seite auf die andere wälzte. Ich habe gelesen um müde zu werden, kam aber doch nie richtig zur Ruhe. Wie oft ich wohl die Zimmerdecke angestarrt habe? Irgendwann begann ich, die Schläge der Uhr zu zählen. So wusste ich, wie spät es ist und wie lange ich noch Zeit habe, Schlaf zu finden. Es wurde ein richtiges Spiel, mitzuzählen. Ich verließ mich immer mehr auf mein Gefühl, wie spät es wohl sein mochte, und ließ mich nur noch von der Uhr bestätigen. Doch eines Tages war ich so müde, dass ich früh zu Bett ging. Es konnte bei mir schon mal nach Mitternacht werden. Nicht so an jenem Abend. Ich ging hinaus, machte mich im Badezimmer fertig und ging dann weiter ins Schlafzimmer und ließ mich ins Bett fallen. Ich war wirklich müde und schlief zur Abwechslung schnell ein. Dann wachte ich wieder auf. Es war dunkel und mitten in der Nacht. Es war still und nur das Ticken der Uhr war zu hören. Ich war kaum richtig bei mir. Mein Gefühl konnte mir nicht sagen, wie spät es ist. Dann schlug auch schon die Uhr und ich zählte mit. Eins... Zwei... Drei... und dann: Dreizehn... Dreizehn? Ich musste mich wohl verzählt haben. Doch ehe ich mir mehr Gedanken dazu machen konnte, schlief ich wieder ein.

Am nächsten Morgen wartete eine Überraschung auf mich. Mein Wecker klingelte um 06.30 Uhr. Doch die Uhr im Flur zeigte mir 05.30 Uhr an. Sie ist alt, das kann wohl mal passieren, dachte ich mir. Ich öffnete das schwere Uhrenglas und ließ den Minutenzeiger eine Umdrehung machen. Nach sechs Schlägen und einem für die halbe Stunde ging sie wieder richtig. Ich machte mich fertig und startete in den Tag. Der Tag war ganz normal, doch den Abend werde ich nicht vergessen können.

Im Fernsehen lief nichts Gescheites und so entschloss ich mich zu lesen. Ich machte es mir auf

30

der Couch in der Horizontalen gemütlich und las einen Mittelalterroman. Doch etwas war seltsam. Ich fühlte mich plötzlich so allein und ausgeliefert. Als wäre ich inmitten eines großen kalten Saales, ganz allein. Aber ganz klar war ich in meinem gemütlichen Wohnzimmer. Ich zog mir die Fleecedecke bis zum Kinn, mummelte mich ein und las weiter. Und wieder passierte es. Ein kalter Schauer überzog meinen Körper. Er breitete sich langsam von den Halswirbeln über den Nacken aus, kroch meinen Rücken hinab und lief entlang meiner Beine bis zu den Füßen. Als ob ich jemanden erwartet hätte, sah ich mich um. Natürlich war niemand außer mir im Wohnzimmer. Ich kam zu dem Entschluss, dass ich müde sein musste. Also stand ich auf und machte mich auf den Weg nach oben. An der Treppe angekommen, blieb ich stehen und sah hinauf. Ich wusste nicht was mit mir vorging. Ich hatte Hemmungen nach oben zu gehen. Wie ein kleines Kind, das sich vor dem dunklen Keller fürchtete. Der sonst so vertraute Flur am Ende der Treppe wurde zu einer Dunkelheit, einer Ungewissheit, in der alles auf mich lauern könnte. „Reiß dich zusammen, du bist eine erwachsende Frau!", sagte ich zu mir, packte fest das weiße Holzgeländer und ging nach oben. Ich schaltete das Licht an und natürlich war dort nichts. Alles nur Einbildung. Ich musste wirklich übermüdet sein. Es folgte die übliche Routine und ich ging zu Bett. Ich kam wieder schlecht zur Ruhe. Als wollte es mich hypnotisieren schlief ich über das Ticken der Uhr ein.

In dieser Nacht habe ich schlecht geschlafen. Ich fühlte mich morgens wie gerädert und war verspannt. Sicher hatte ich auch Alpträume, an die ich mich aber nicht erinnern konnte. Meine Beine waren schwer wie Blei und ich mochte nicht recht aufstehen. Doch die Pflicht rief nach mir. Auf dem Weg ins Bad fiel mir auf, dass die Uhr wieder eine Stunde nachging. Wie am Tag zuvor stellte ich sie neu. Damals ahnte ich noch nicht, dass dies fortan meine Aufgabe an jedem Morgen sein würde. Ich dachte in der folgenden Zeit mehrmals daran, die Uhr reparieren zu lassen. Doch ich wusste nicht, an wen ich mich mit einem so alten Teil wenden sollte. So akzeptierte ich die fehlende Stunde einfach als „Tick" der Uhr. In dieser Zeit erging es mir immer häufiger wie an jenem Abend. Es war kühl und ich kam mir vor, als stünde ich inmitten einer großen Halle. Ich wollte es ignorieren. Schließlich musste ich funktionieren und konnte mich nicht von seltsamen Gefühlen beeinflussen lassen. Vielleicht hätte ich es nicht ignorieren dürfen. Denn recht bald wandelte sich das Gefühl. Wieder fühlte ich eine unangenehme Kälte, die mir bis in die Knochen kroch, doch ich war nicht mehr allein in dem Saal. Ich fühlte mich beobachtet. Ich spürte Blicke auf mir. Doch natürlich war niemand anderes außer mir in meinem Haus. Als ich das Gefühl, beobachtet zu werden, nicht mehr unterdrücken konnte, suchte ich sogar das Haus ab. Ich vermutete in meiner Paranoia sogar Gucklöcher in den Wänden. Aber nichts, alles Einbildung. Trotzdem wusste ich nicht, ob mich

32

das beruhigen oder beunruhigen sollte. Mein Verstand bestätigte mir, dass dort niemand war. Aber mein Gefühl sagte etwas anderes. Ich konnte das alles nicht zuordnen.

Eines weiteren Abends lag ich wieder zugedeckt auf der Couch und las die letzten Seiten des Romans. Dann kam es wieder. Dieses Gefühl beobachtet zu werden. Es war, als starrte jemand hinter mir aus der Ecke des Zimmers zu mir herab, zitternd vor Vorfreude und Gier. Wie ein hungriger Wolf, der beim Anblick seiner Beute nach Fassung ringt, um sich nicht zu verraten. Mein Herz schlug schneller und die Haare auf meinen Armen stellten sich auf. Ich wusste es. Ganz sicher. Ganz sicher würde mich gleich jemand anfassen. Eine flatterhafte Schwerelosigkeit erfüllte meinen Brustkorb. Ich bekam Angst. Ich wagte es nicht, mich umzudrehen. Und doch konnte ich es in dem Raum nicht mehr aushalten. Ich musste weg. Als wäre ich sicher, dass dort jemand ist, wollte ich mir nichts anmerken lassen und ging mit gespielter Selbstsicherheit nach oben, um mich ins Bett zu begeben. Ich fühlte mich wieder wie ein kleines Kind, für das die Bettdecke ein undurchdringbarer Schutzschild ist. Ich konzentrierte mich wieder auf das Ticken der Uhr um einschlafen zu können. An irgendeinem Punkt muss ich eingeschlafen sein, denn ich wachte wieder auf. Mit einem Schrei und um mich schlagend richtete ich mich rasenden Herzens auf. Ganz laut und deutlich. Ganz laut und deutlich hörte ich jemanden meinen Namen in mein Ohr sagen. Es war kein Flüstern. Es war, als hätte jemand direkt neben mir gestanden, sich vorgebeugt und in mein Ohr gesprochen. Nach Fassung ringend sah ich mich um. Es war nichts und niemand Ungewöhnliches zu sehen. Verzweiflung machte sich in mir breit. Ich hatte das Gefühl, die Kontrolle zu verlieren und brach in Tränen aus. Ich schlief darüber ein.

Am nächsten Morgen wachte ich mit einem dicken Schädel auf. Ich hatte starke Kopfschmerzen. Ich nahm eine Schmerztablette und machte mich doch auf den Weg zur Arbeit. Das sollte nicht mein Tag werden. Ich war völlig durcheinander und wusste gar nicht so richtig, was ich dort auf Arbeit tat. Mir wurde schwindelig und ich ging auf die Damentoilette. Ich erschrak, als ich in den Spiegel sah. Ich nahm mich nur verschwommen wahr. Mich? Nein, ich sah aus wie eine alte Frau. Von meinem Schrei des Entsetzens angelockt fand mich eine Kollegin auf dem Boden vor dem Waschbecken kauernd. Ich erzählte ihr von meinen Kopfschmerzen. Ich wurde nach Hause geschickt und sollte einen Arzt aufsuchen. Ich rief in der Praxis meines Hausarztes an und bekam einen Notfalltermin für den kommenden Tag.

Wieder schlief ich schlecht in der Nacht, aber immerhin hat niemand zu mir gesprochen. Am nächsten Tag suchte ich also meinen Arzt auf und berichtete ihm von den Kopfschmerzen, dem Schwindel und der Erscheinung im Spiegel. Er musste mich für verwirrt halten, aber ich wollte einfach nur Hilfe. Entgegen meiner Befürchtung

34

hielt er mich nicht für verwirrt. Er sah eine rationale Ursache in dem Ganzen. Er vermutete ich leide an einem Migräneanfall und den Auswirkungen einer sogenannten Aura, die bei bestimmten Formen von Migräne vorkomme. Mit einer Krankschreibung, Schmerztabletten und einer Überweisung zu einem Facharzt entfließ er mich.

Hatte ich wirklich nur Migräne? Warum jetzt? Mir ist nicht bekannt, dass das jemand in meiner Familie gehabt hätte. Aber es machte auch irgendwie Sinn nach dem, was mir der Arzt erklärt hatte. Erholung und Ruhe seien es, was ich bräuchte. Und so versuchte ich es mir zu Hause gemütlich zu machen. Zu Hause, genau dort wo ich anfing, mich unwohl zu fühlen. Nein, diese Gedanken durfte ich nicht zulassen. Ich muss positiv denken und nach vorn schauen. Nur dann würde es mir besser gehen. Und so schaute ich ein paar Serien, machte mir mein Lieblingsessen und legte mich nachmittags etwas hin. Doch dann geschah es wieder. Ich fühlte mich beobachtet. Ich konnte es nicht länger ignorieren als ich begann, das Flüstern zu hören. Es war, als würde jemand über mich tuscheln. Ich hatte genug davon. Irgendwer musste doch da sein oder mir einen gemeinen Streich spielen. Ich hörte das Flüstern ganz deutlich. Ich versuchte ihm zu folgen. Langsam schlich ich durch das Haus. Immer wenn ich dachte, die Quelle gefunden zu haben, hörte ich hinter mir ein anderes Getuschel. Ich war mir sicher, ich würde es finden. Doch mein Weg führte mich nach oben, zur Uhr. Es schien als käme das Flüstern direkt aus dem Uhrenkasten. Und dann wurde mir klar, dass ich es mir doch eingebildet haben musste. Eine Uhr flüstert nicht vor sich hin. Ich fand auch keine Löcher oder versteckte Geräte an der Uhr. Was mich in der Annahme bekräftigte, war, dass das Flüstern verstummte, als ich vor der Uhr stand. Mir war, als würde ich den Verstand verlieren. Ich setzte meine ganze Hoffnung auf den Facharzt. Doch der Termin war noch lange hin.

Die Nacht, die folgte, war die schlimmste Nacht bisher. Ich hatte wieder Mühe, einzuschlafen. Doch ich muss geschlafen haben, denn wieder wachte ich auf. Doch etwas stimmte mit mir nicht. Ganz und gar nicht. Ich hatte die Augen weit aufgerissen, doch ich konnte mich nicht bewegen. So sehr ich auch wollte, kein Muskel in meinem Körper rührte sich. Ich versuchte zu schreien, doch kein Ton kam aus meinem Rachen. Ich geriet in Panik. Ich wollte um mich schlagen, schreien, wegrennen. Doch ich konnte nichts tun. Ich war in mir selbst gefangen. Nicht einmal die Tränen meiner Verzweiflung entkamen meinen Augen. Dann hörte ich das Ticken der Uhr und wie es immer lauter zu werden schien. Dann schlug sie zur vollen Stunde. Ich entkam nicht dem Zwang mitzuzählen. Dreizehn. Schon wieder Dreizehn! Noch immer konnte ich mich nicht rühren. Dann hörte ich es. Wie damals hat jemand meinen Namen in mein Ohr gesprochen! Gerade so konnte ich die Augen zur Seite drehen. Doch ich sah niemanden. Was passierte nur mit mir? Ich wollte ausbrechen, ich fühlte mich ausgeliefert, vergewaltigt. Und dann begann es. Ich fühlte in meinem Mund etwas Eiskaltes, Scharfes. Es wurde immer dicker und füllte meinen Mund bald aus. Es rutschte langsam in meinen Rachen, meine Kehle fühlte sich an, als würde sie gleich platzen. Ich musste würgen und konnte mich doch noch immer nicht rühren. Irgendwann verlor ich das Bewusstsein und wachte später wieder auf. Ich wusste nicht, was passiert war. War es ein Traum? War es real? Ich konnte aufstehen und mich rühren. Aber mein Körper fühlte sich seltsam an, fremd. Ich war schwach. Mit aller Kraft die ich aufbringen konnte, stand ich auf und ging hinunter. Ich hatte Angst mich selbst zu verlieren und wollte mich erinnern können. Ich nahm mein Notizbuch und einen Stift. Und so sitze ich nun hier, und schreibe meine Erlebnisse auf. Wenn ich morgen nicht mehr ich bin, so will ich mich erinnern können und Hilfe suchen.

Dann warf die junge Frau den Stift aus der Hand und riss die Seiten heraus. Sie zerriss die Seiten und alles, was sie geschrieben hatte. Sie lachte zufrieden und ging zurück nach oben. Bevor sie sich ins Schlafzimmer begab, stellte sie sich vor die Uhr. „Ach altes Mädchen, du gehst ja schon wieder nach.". Sie öffnete das Uhrenglas und stellte die Uhr. Als sie das Uhrenglas wieder schloss, betrachtete sie ihre Spiegelung darin, erhellt durch das vom Fenster fallende Mondlicht. Sie lächelte und sprach: „Und zu dir mein Kind: Es tut mir leid, aber das ist jetzt mein Körper."

Ouija

Ich bin mit dem Auto unterwegs, auf der Autobahn Richtung Osten. In den Harz um genauer zu sein. Eine gute Freundin, die ich aus dem Internet kenne, hat mich zu sich eingeladen. Mich und noch jemanden aus dem hohen Norden von Deutschland. Wir alle drei kennen uns bereits aus dem Internet, aber es wird das erste Mal sein, dass wir uns persönlich kennenlernen. Eine Sache haben wir gemeinsam: wir identifizieren uns als Hexen. Wo könnte da ein Treffen besser passen als im Harz, dem Hexengebirge Deutschlands. Ich habe allerlei Sachen dabei, die ich für die Arbeit als Hexe benötige: eine magische Flöte, Tarotkarten, Pendel, einige Steine und diverse Kräuter und Räuchermischungen. Und noch etwas habe ich dabei. Eine Überraschung, einen Auftrag. Die Frau von der ich es habe meint, es sei defekt. Sie könne damit nichts anfangen, etwas sei damit nicht Ordnung. Das werde ich noch überprüfen und hoffe, die anderen beiden helfen mir dabei. Ich bin schon sehr gespannt.

Die Landschaft zieht an mir vorbei und zahllose Autos kommen mir entgegen. Vor mir zieht es dunkel auf und ehe ich mich versah, war ich inmitten eines Unwetters mit starkem Regen. Die Wolken ergießen sich dermaßen, dass man kaum noch etwas sehen kann. Die großen Tropfen prasseln trommelnd auf mein Fahrzeug. Der Lärm übertönt das Radio. Die Scheibenwischer sind hoffnungslos überfordert. Wir fahren alle nun deutlich langsamer und unterschreiten die 50 Km/h-Marke. Mir wird ganz seltsam zumute. Alles scheint sich um mich herum noch weiter zu verdunkeln. Mir wird schwindelig. Ich habe plötzlich das Gefühl, dass mich jemand anstarrt. Doch das ist unmöglich, ich bin allein unterwegs. Trotzdem schaue ich in den Rückspiegel. Meine Sicht wird immer verschwommener und ich kann meinem Blick ohnehin nicht mehr trauen. Plötzlich ein rotes Licht vor mir und ein tiefer, dumpfer Schrei ertönt hinter mir. Instinktiv trete ich die Bremse und werde zum Lenkrad gedrückt. Gerade noch rechtzeitig. Durch den Schreck komme ich wieder zu mir. Das rote Licht war die Bremsleuchte meines Vordermannes und ich wäre ihm beinahe draufgefahren. Ich sehe mich etwas verwirrt um und schaue nochmal in den Rückspiegel. Alles ist in Ordnung. Ich bemerke dabei im Rückspiegel, dass wir das Unwetter bereits hinter uns gelassen hatten. Der Verkehr kommt wieder ins Rollen. Was war das eben? Das sollte mir besser nicht noch einmal passieren. Ich bin doch auch gar nicht müde. War es das Ding? Hilft nichts, ich kann jetzt nicht weiter darüber sinnieren. Ich muss mich aufs Fahren konzentrieren.

Ein paar Stunden sind vergangen und ich treffe in Thale sein. Bis zu meiner Freundin sind es nur noch wenige Kilometer. Ich lebe auch im Mittelgebirge, aber die Harzregion ist doch noch ein Reich für sich. Mir gefällt die Umgebung. Ich schlängele mich durch einen kleinen Vorort und manövriere mich schließlich zu dem versteckt liegenden Häuschen meiner Freundin durch. Ich bin so aufgeregt und freue mich sie endlich persönlich zu sehen. Unser Freund aus dem Norden scheint noch nicht da sein. Ich lasse erst einmal alles im Wagen, steige aus und eile zur Haustür. Mein Klingeln wird mit aufgeregtem Bellen beantwortet. Stimmt, da war noch etwas. Meine Freundin hat einen großen Schäferhund. Große Hunde und ich sind so eine Sache. Noch ehe genügend Nervosität in mir aufsteigen konnte, öffnete sich die Haustür unter Worten, die den Hund zur Ordnung riefen. Es half nichts. Stürmisch und mit hektisch wedelnder Rute begrüßte mich der Vierbeiner. Ich hielt mich etwas bescheiden zurück. Doch dann kam meine Freundin auf mich zu. Die fuchsroten Haare zu einem Zopf gebunden, strahlende Augen und ein freundliches Lachen – so empfing sie mich und wir fielen einander zur Begrüßung in die Arme. Es folgen ein paar übliche Floskeln. Gut hergefunden? Wie war die Fahrt? Unser Freund ist noch nicht da, der kämpft mit Straßensperrungen. Auch wenn man sich bereits längere Zeit aus dem Internet kennt, ist das erste Treffen in Persona doch immer etwas anders. Doch das Eis war schnell gebrochen. Sie hilft mir die Sachen aus dem Auto zu laden und wir beiden reden die zwei Wasserfälle. Sie zeigt mir den Raum, in dem ich schlafen werde. Ihr Haus haut mich um. Ich fühle mich wie in einem Museum voller Antiquitäten. Es ist ebenso urig wie edel und ich fühle mich sofort wohl. Während wir alles in das Zimmer bringen werden wir von dem Vierbeiner begleitet und alles wird kritisch beschnüffelt. Die Überraschung habe ich noch in dem Reisekoffer. Dafür ist später noch Zeit, wenn wir alle drei versammelt sind. Apropos Reisekoffer, den mochte der Hund nicht. Er knurrte ihn an und kratzte mit einer Pfote daran. Aber Frauchen brachte ihn schnell davon ab.

Wir begeben uns in die Küche wo sie einen Kaffee aufbrüht und mir schonmal ein Stück selbstgebackenen Bienenstich anbietet. Da sage ich nicht nein! Wir unterhalten uns noch über einige Dinge aus dem Internet und andere User während wir auf den Dritten im Bunde warten. Der war natürlich auch Thema. Ein junger Mann aus dem Norden der schon so einiges an Erfahrung in der Magie hat und recht eigene und manchmal unkonventionelle Wege geht. Seine Verspätung zieht sich und meine Freundin bittet mich, ihr beim Zubereiten des Nudelsalates nach Art des Hauses für das Abendessen zu helfen. Ich schneide einiges Gemüse und Mandarinenfilets während wir uns weiter unterhalten. Plötzlich höre ich wieder dieses dumpfe Stöhnen. Ich hatte schon den Hund in Verdacht, der sich jedoch nicht im Raum befindet – erst recht nicht hinter mir, sitze ich doch mit dem Rücken zur Wand. Ich fühle mich, wie aus der Realität gerissen. Erst durch meine Freundin bemerkte ich, dass ich mir in den Finger geschnitten habe. Ihre Reaktion holt mich zurück. Schnell reicht sie mir Küchentücher und geht ein Pflaster holen. Ich entschuldige mich und nehme die lange Fahrt als Ausrede. Ich wollte hier niemanden beunruhigen. Und ich bin mir selbst nicht mehr sicher, ob ich nicht doch nur erschöpft bin.

Schließlich trifft unser Freund ein, was der Vierbeiner mit lautem Bellen ankündigt. Das Begrüßungsritual beginnt von vorn. Es ist wirklich schön die Leute persönlich kennen zu lernen, wenn man sich vorher bereits schon gut über das Internet verstanden hat. Unsere Freundin verfrachtet uns ins Wohnzimmer, wo wir auf das Abendessen warten sollen. Zusammen raunen wir über die Einrichtung. Der riesige Gobelin an der Wand ist ein echter Blickfang. Schließlich serviert sie das Abendessen und wir speisen gemeinsam. Natürlich dürfen Klatsch und Tratsch nicht fehlen. Tatsächlich reden wir drei so viel, dass wir beinahe das Essen vergessen. Das Unwetter scheint mir langsam gefolgt zu sein, denn es bezieht sich dunkel und Regen setzt ein. Eigentlich eine ideale Stimmung, wenn drei Hexen aufeinandertreffen. Wir helfen unserer Freundin beim Aufräumen und Abwaschen und lassen uns schließlich alle drei entspannt im Wohnzimmer nieder. Die Gesprächsthemen werden nun etwas spannender. Jeder erzählt von seinem Weg und wie wir zum Hexentum gekommen sind. Neugierig frage ich nach den handgemachten Tarotkarten unseres Freundes, von denen er schon so viel im Internet berichtet hat. Sie dienen nicht nur zum Karten legen, sondern auch um Magie zu wirken. Er geht sie holen und meine Freundin und ich schauen uns gespannt an. Er kommt mit einer schönen Schatulle aus Speckstein wieder in der die Karten lagern. Ich nehme sie in die Hand und spüre sofort, was für eine Kraft ihnen innewohnt. Das war ganz und gar er selbst, keine Frage. Ich persönlich bevorzuge hingegen sanftere und gezieltere Magie. Aber Erfolg gibt recht und jeder arbeitet mit den Mitteln, mit denen er die besten Erfolge erzielt. Unsere Freundin holt eine Räucherschale, Kohle und eine neue Räuchermischung hervor, die sie kürzlich erstanden hat. Sie entzündet die Kohle und die Funken des Selbstzünders in der Kohle hüpfen ein wenig über den Tisch. Dann legt sie schließlich die Mischung auf. Sie riecht balsamisch und erdig, ab und zu durchdrungen von einem frischen Hauch Dammarharzes. Für Leute wie uns ist dies das Paradies in Düften. Nun haben die beiden vorgelegt, da muss auch ich wohl ran. Ich hole meine magische Flöte, mit der ich in der schamanischen Arbeit Kontakt zu Spirits aufnehme und halte uns ein Ständchen. Die beiden bekommen glatt Gänsehaut – die angenehme natürlich. Das zaubert ein zufriedenes Lächeln in mein Gesicht. Unser Freund fragt mich nach der Überraschung, die ich so verheißungsvoll im Internet angekündigt hatte. Ich offenbare, dass es sich um ein Ouijaboard handelt. Seine Augen funkeln während bei meiner Freundin sich die linke Augenbraue hochzieht. "Ist das etwas >ihr< Brett?", fragt sie mich. Ich nicke. Das Ouijaboard habe ich von einer anderen Person aus dem Internet, die auf derselben Plattform schreibt, wie wir. Sie hatte damit versucht ihre verstorbene Mutter zu kontaktieren, doch sie bekam nur wirre oder bedrohliche Antworten. So, wie sie die

Anwendung beschrieben hat, hat sie eigentlich alles richtig gemacht. Also lag die Vermutung nahe, dass etwas mit dem Brett nicht stimmen könnte. Ja, so ticken wir Hexen nun mal. Wer wäre besser geeignet als wir drei, um das herauszufinden, waren meine Gedanken. Also nahm ich das Brett mit hier her. Unser Freund ist voller Tatendrang. Doch wir beschließen, es erst am morgigen Tage zu testen. Es ist spät und die lange Fahrt hat uns doch etwas Kraft gekostet.

Die Nacht war gut. Ich habe eigentlich auch nie Probleme in der Fremde zu übernachten. Obwohl unser Freund auf dem Sofa im Wohnzimmer schlafen musste, scheint er auch eine angenehme Nacht gehabt zu haben. Nach der Morgentoilette und einer Gassirunde mit dem Hund machen wir uns alle auf den Weg nach Thale – wir gönnen uns ein Frühstück auswärts. Das Wetter ist herrlich und die Julisonne wärmt die frische Morgenluft. Das Café ist nett. Mit Entsetzen stelle ich jedoch fest, dass ich von uns dreien die einzige bin, die ein herzhaftes Frühstück bevorzugt. Süß in der Früh? Nein, da fühle ich mich, als wenn ich von innen verklebe. Nach dem herrlichen Frühstück machen wir uns auf, Thale zu Fuß zu erkunden. Unsere Freundin ist natürlich ortsansässig und kennt das alles schon. Aber so haben wir gleich eine super Fremdenführerin. Wir starten am Wotansbrunnen und gehen einen mit Hufeisen markierten Weg quer durch den ganzen Ort. Die nordisch-germanische Mythologie wird dabei aufgegriffen und so begegnen wir unter anderem

46

Drachenfiguren und einer wundervollen Skulptur des Ringes Draupnir, welche mit großen Edelsteinen und Mineralien besetzt ist, die es besonders unserem Freund angetan haben. Steine sind sein Gebiet. Ein Ausflug zum Hexentanzplatz durfte natürlich auch nicht fehlen. Ich und unser Freund sind jedoch solche Grazien, dass wir das Auto für den "Aufstieg" bevorzugen. Unsere Freundin war hiermit mehr als einverstanden und zündete sich noch eine Zigarette an. Auf dem Tanzplatz angekommen mosere ich erstmal über die unverschämten Parkgebühren. Aber was solls. Davon lasse ich mir den Tag mit den beiden nicht verderben. Außerdem muss hier ja auch alles sauber gehalten und gepflegt werden. Der Himmel ist so klar, dass sogar der Sichelmond gegenüber der Sonne im tiefen blau zu erkennen ist. Dort sind sie, die Bronzefiguren. Es ist gut zu erkennen, wo die Menschen regelmäßig dran reiben. Denn dort ist die Bronze beinahe golden, während der Rest beinahe schwarz erscheint. Das sind zum einen die große Nase und der Hintern einer Hexe. Zum anderen das Gemächt des Teufels. Darüber kann nun jeder denken, wie er möchte. Aber nun geht es ums Ganze. Ich habe noch eine Wette mit meinem Neffen laufen. Der kleine fratzengesichtige Teufel sitzt auf dem größten Stein. Mein Neffe traut es mir nicht zu, dass ich mit meiner Figur dort rauf komme. Dem werde ich's zeigen! Mit gemeinsamer Kraft und etwas Nachdrücken schaffe ich es schließlich und unser Freund schießt das Beweisfoto. Doch es geschieht schon wieder. Ich habe ein dumpfes Dröhnen auf den Ohren und fühle mich seltsam. Plötzlich komme ich vor dem Stein sitzend zu mir. Ich habe nicht bemerkt, dass ich offenbar runtergerutscht bin. Das Dröhnen ist weg. Meine Freunde haben mich so gut sie konnten gehalten. Es ist zum Glück nichts passiert. Mich beschleicht ein Verdacht, was hier passiert.

Auf den Schreck genehmigen wir uns erstmal ein gutes Mittagessen auf dem Berg. Das Restaurant ist nur zu empfehlen. Natürlich darf auch der Besuch in den diversen Souvenirshops nicht fehlen. Eine richtige Brockenhexe wollte ich mir kaufen und habe gleich zweimal zugeschlagen. Zugegeben, sie sehen etwas klischeehaft aus. Aber irgendwo lieben wir sie doch gerade deswegen. Unser Weg führt uns zurück in den Ort, wo wir interessant gewachsene Bäume im Park bestaunen und in ihnen Gesichter oder Figuren erkennen. Zuletzt besichtigen wir die alte Kirche. Mit dem christlichen Glauben stehen wir alle etwas auf Kriegsfuß, aber leben und leben lassen. Und dieses herrliche Gemäuer kann auch nichts für den Zweck, den die Menschen ihm angedeihen ließen. Das Bauwerk ist wirklich ein richtiger Hingucker. Die Kirche steht auch zur Besichtigung offen und so gehen wir schließlich hinein. Wir drei sind ganz allein. "Ideal!", denke ich mir und kann alles genau erkunden. Schließlich gehe ich zum Altar. Die Energie dort ist der Wahnsinn. Die ganze Aufmerksamkeit der Gemeinde ruht regelmäßig auf diesem Punkt. Und das ist mehr als spürbar. Unser Freund schießt ein paar Fotos von den Bänken, der hohen Decke und schließlich auch von mir. Dann ging es schon wieder los. Als wollte mich etwas aus dieser Welt reißen. Doch dieses Mal kämpfe ich dagegen an. Genug ist genug und mich sollte man nicht unterschätzen. Ich bleibe klar und merke noch rechtzeitig, wie mir ein großer Kerzenständer entgegenfällt, den ich abfange. Meine Freundin kann sich ein Kichern und einen blöden Spruch nicht verkneifen. Mir war aber gerade ganz anders zumute. Bevor noch jemand etwas merkt, richten wir den Kerzenständer wieder auf. Meine Freundin merkte nun auch was für eine Energie hier am Altar herrscht. Ich rufe unseren Freund dazu, auch er sollte das spüren. Doch seine Abneigung als Ex-Katholik ist stärker als mein Lockmittel. Er möchte partout nicht. Nun versuchen wir es gemeinsam, ihn zu überreden. Er lehnte weiter ab, jetzt aber noch deutlicher. Und dann werde ich Zeuge der Gabe, von der er im Internet schon oft berichtet hat. Seine Gedanken und sein Wille beeinflussen das Geschehen um ihn herum. Wie aus dem Nichts steht plötzlich eine Frau in dem Eingangstor und bittet uns zu gehen, weil die Kirche nun geschlossen wird. Sicher, es kann Zufall sein. Aber ein günstiger. Mit einem breiten Grinsen schaut er uns an, wie wir unsere Niederlage eingestehen müssen. Wir verlassen also die Kirche. Wir nehmen noch einen Moment draußen im Park platz und sichten die Fotos. Auf dem einen Bild, kurz bevor mich der Kerzenständer erschlagen wollte, sind Orbs zu sehen. Orbs oder eben Staubkörner, je nachdem was man glauben möchte. Was mich in dem Fall aber zu Orbs tendieren lässt ist die Tatsache, dass auf keinem der anderen Fotos aus der Kirche diese runden Gebilde zu sehen sind. Schließlich fahren wir zurück zum Haus unserer Freundin. Dort stellt sie mit Entsetzen fest, dass sie uns ausgesperrt hat. Sie hat doch tatsächlich den Schlüssel vergessen. Das Fenster zu ihrem Schlafzimmer ist gekippt. Mit viel Fingerspitzengefühl und einem Stöckchen schafft unser Freund es aber, den Hebel des zweiten Fensters so zu drehen, dass es ganz aufgeht. Er klettert hinein und wird stürmisch von dem Hund begrüßt. Er öffnet uns die Tür und wir konnten uns den teuren Schlüsseldienst sparen. Was ein Schreck.

Unsere Freundin lotst uns auf die Terrasse hinter dem Haus. Etwas neidisch bewundere ich den äußerst akkuraten und sauberen Garten. Bei mir herrscht etwas mehr Wildwuchs. Sie serviert uns selbstgemachten Eiscafé. Der schmeckt in der Sonne so richtig gut. Meine Blase meldet sich und ich entschuldige mich kurz. Gerade als ich von der Toilette zurückkomme, höre ich ein schlurfendes Geräusch und dann war es schon geschehen. Ich bin gegen den Betonschirmständer gelaufen. Ich kann kaum hinsehen. Der Schmerz macht, dass meine Sicht verschwimmt. Ich spüre, dass ich blute. Meine Freundin lässt einen Schrei los, während unser Freund sein Entsetzen darüber ausruft, dass der Schirmständer sich scheinbar von selbst in meinen Weg geschoben hat. Ich glaube er hat Recht, doch jetzt habe ich andere Sorgen.

Mein Fuß wird schließlich vom eintreffenden Krankenwagen versorgt und verbunden. Zum Glück ist nichts gebrochen. Aber mein großer Zehnagel ist hinüber. Ruhe kehrt wieder ein und wir besprechen, was da gerade passiert ist. Sicher vor jeglichen Schirmständern begeben wir uns dafür ins Wohnzimmer zurück. Unser Freund betonte nochmal, dass er sah, wie der Schirmständer sich bewegt hat. Gleich darauf spricht er das Foto in der Kirche an. Es gibt keine Zweifel mehr und ich packe aus mit meiner Befürchtung. Ich vermute, dass das Ouijaboard nicht richtig funktioniert, weil es besetzt ist. Meine Freundin fragt mich, was mich dessen so sicher mache. Ich hatte das Board bereits allein benutzt. Das hatte ich beiden verschwiegen. Seitdem bin ich quasi vom Unglück verfolgt und habe immer wieder das Gefühl, jemand oder etwas zieht mich in eine andere Welt. Ein tiefer, dröhnender Ruf taucht dabei auch immer wieder auf. Unser Freund wirft berechtigt ein, dass ich mir bei der Sitzung mit dem Brett auch einen ungebetenen Gast eingefangen haben könnte. Ich habe jedoch vorher alle Schutzmaßnahmen ergriffen. Es konnte nichts mehr über das Brett zu mir durchdringen. Es war bereits etwas im Brett. Und jetzt hat es mich scheinbar als Opfer auserkoren. Schließlich fordern mich die beiden auf, dass Brett zu holen. Sie wollen dem ein Ende machen. Auch wenn ich es mir nur ungern eingestehe, aber damit werde ich tatsächlich nicht allein fertig. Ich hole also das Board. Gemeinsam bereiten wir eine Sitzung vor. Unser Freund zieht den stärksten Schutzkreis, den er kennt und versiegelt den Raum. Wir wollen es nur mit dem zu tun haben, was im Brett haust und keine weiteren Besucher haben. Meine Freundin räuchert den Raum mit Teufelsdreck aus um jegliche noch anwesende oder mit in den Schutzkreis eingeschlossene Energien zu vertreiben. Zugegeben, es gibt kaum etwas, das schlimmer riecht. Aber ebenso kaum etwas, das derart stark exorzistisch wirkt. Ich stelle das Brett in die Mitte des Tisches und lege die Planchette auf. Das Brett ist aus massivem Holz gefertigt und die Buchstaben und Symbole mit Brandmalerei eingeprägt. Es ist definitiv kein billig bedrucktes Brett und sehr schön. Der Grund, warum ich es gern behalten und nutzbar machen wollte. Wie ein böses Vorzeichen ziehen Wolken auf und verdunkeln den gerade noch strahlend blauen Himmel. Der Hund beginnt zu jaulen und kratzt wie verrückt an der Terrassentür. Er will raus aus dem Haus. Er scheint zu spüren, dass hier nun etwas passieren wird. Wir lassen ihn raus. Er verkriecht sich im Garten in seiner Hundehütte. So hat er es wenigsten trocken, wenn es noch zu regnen beginnen sollte. Wir setzen uns an den Tisch und rufen eine Inkantation unserer Schutzgeister aus. Nun besprechen wir, was zu tun ist.

Um nicht mit Kanonen auf Spatzen zu schießen beginnt man eigentlich mit dem mildesten Mittel. Ich hatte meine Zweifel, dass das hier hilft, aber andererseits sollte man nichts unversucht lassen. Unsere Freundin bereitete eine Lösung aus

Weihwasser, Salz und Salbeiöl zu um damit das Brett abzuwaschen. Das ist sonst der erste Schritt, den man mit einem neuen Brett macht, um alles zu neutralisieren. Sie tunkt einen weißen Lappen in die Schüssel mit der Lösung, hält das Brett in der linken Hand und wischt es mit der rechten ab. Sie bekommt eine massive Gänsehaut und die Hand, die das Brett hält, zittert. Sie beschreibt Lichtblitze vor ihren Augen und sieht mehrere Gestalten. Doch die Waschung führt zu keinem Ergebnis. An dem Gefühl zum Brett ändert sich nichts. Wenn wir es mit mehreren zu tun haben, wird das nicht leicht. Unser Freund wollte seine außersinnliche Wahrnehmung anwenden und nahm das Brett. Er schloss die Augen und hielt die Hände darüber. Es sieht aus, als würde er es abtasten ohne es jedoch tatsächlich zu berühren. Er beschreibt uns, was er fühlt: "Eine Blase... es ist wie eine Blase, die um das Brett ist. Und Ketten. Da sind schwere Eisenketten. Sieben. Sieben! Jemand ruft mir die Zahl sieben zu. Immer wieder. Ich verstehe nicht. Versuch es noch einmal. Mit aller Kraft. Seelen... Seelenfänger!?". In dem Moment wie er dieses Wort ausspricht wirft es ihn zurück in das Sofa und er reißt die Augen auf. Draußen beginnt ein starker Regenschauer gegen die Scheiben zu klopfen.

Seelenfänger? Was meint er damit? Auf meine Nachfrage hin erklärt er, dass das Brett von einem Wesen befallen sei, welches Seelen sammelt. Immer wenn jemand dieses Brett benutzt und einen Verstorbenen ruft, hält dieses Wesen ihn gefangen und zehrt von ihm. Es nimmt uns als

Gefahr wahr. Das würde auch bedeuten, dass die Mutter unserer Bekannten darin gefangen ist. Sie hat zuletzt das Brett benutzt in der Hoffnung, mit ihrer verstorbenen Mutter in Kontakt treten zu können. Wir mussten es verifizieren. Jetzt heißt es drei gegen einen. Wir drei setzen uns um den Tisch und jeder legt einen Zeigefinger locker auf die Planchette. Unsere Freundin kennt den Namen der Mutter von unserer Bekannten und fragt nach ihr. Wir wiederholen gemeinsam die Frage nach der Anwesenheit der Frau. Die Planchette wandert langsam auf "JA". Wir fragen, wer noch anwesend oder gefangen ist. Die Planchette bewegt sich langsam im Kreis und wandert schließlich auf die andere Seite des Brettes zu und bleibt bei einer 6 stehen. "Also sechs weitere Personen? Dann ist die Anzahl sieben richtig!" Noch während ich das sage bewegt sich die Planchette kurz vor und wieder zurück. Noch eine 6. Sie bewegt sich weiter und bleibt erneut stehen. Eine weitere 6. 666. Wir alle schauen misstrauisch. Die Planchette bewegt sich in weiteres Mal und wie erhalten eine vierte 6. "Du willst wohl mit uns spielen?", fragte unsere Freundin. In dem Moment hallte ein lauter Knall durch das Haus. Es klang, es käme es von der Gästetoilette. Unser Freund ging nachschauen. Der WC-Sitz ist runtergeknallt und hatte nun einen Sprung. Aus der Ferne rollte ein Donnergrollen heran. Dann der Schreck. Ein Blitz erhellte die Umgebung, gefolgt von einem noch lauteren Donnerschlag. Der Strom fällt aus. Die Wolken waren so finster, dass wir im Haus nicht viel erkennen konnten. Unsere Freundin holt

54

Streichhölzer und zündet diverse Kerzen im Wohnzimmer an. Die Atmosphäre im Raum wird immer bedrückender und geheimnisvoller. Das flackernde Licht der Kerzen reicht nicht bis in die Ecken des Raumes, welche in dem Kontrast nun noch viel finsterer erscheinen als zuvor. Allesmögliche könnte nun in dieser Finsternis auf uns lauern. Es ist, als starrte man uns aus den schwarzen Ecken an. Doch das beirrt uns nicht. Als Hexen sind wir auch in dieser Atmosphäre zu Hause, in unserem Element. So leicht lassen wir uns nicht beängstigen und einschüchtern. Wir setzen die Kommunikation mit der Planchette fort und fordern den Seelenfänger in gemeinsamem Singsang auf, sich zu zeigen. Die Planchette wandert in eine Ecke des Brettes. Wir müssen uns alle strecken damit unsere Finger noch auf ihr bleiben. Sie fährt schließlich über den Brettrand hinaus und landet auf dem Tisch. "Das habe ich noch nicht erlebt, dass die Planchette das Brett verlässt.", gibt unser Freund drein. Wir nicken ihm zu. Plötzlich schießt die Planchette mit einem dumpfen Dröhnen vom Tisch in landet in einer großen Vase auf dem Boden, welche dabei zu Bruch geht. Das ist unserer Freundin zu viel des Guten. Dieses Wesen ist gefährlich. Es zerstört Dinge und hat an mir gezeigt, dass es uns durchaus verletzen kann. Wir holen große Papierbögen und zeichnen einen Bannkreis darauf. Gemeinsam beschwören wir das Wesen, das Brett zu verlassen und die Seelen frei zu geben. Mit aller Kraft die wir haben. Eine nach der anderen erlöschen die Kerzen und wir stehen in totaler Finsternis. Wir alle drei hören einen röchelnden, tiefen Atem. Plötzlich zieht es an den Haaren unserer Freundin. Ich musste es einsehen. Das Brett ist nicht mehr zu retten, egal wie schön die Handarbeit ist. Ich greife nach den Haaren meiner Freundin die das Wesen daraufhin loslässt. Ich frage sie, ob sie einen Feuerkorb, Holz und Grillanzünder im Garten haben. "In der Garage. Was hast du vor!?", antwortet sie mir. Ich will ein Drachenfeuer beschwören und kläre die beiden darüber auf. Drachenfeuer verschlingt und vernichtet alles um es zu reinigen. Das Brett muss verbrannt werden. Das Wesen mit ihm damit die Seelen freikommen. Wir stürzen mit dem Brett in den prasselnden Regen hinaus. Blitz und Donner begleiten uns. Ich halte das Brett während die anderen beiden das nötige Material aus der Garage holen. Der Feuerkorb steht, das Holz ist drinnen. Meine Freundin schüttet Grillanzünder darüber. Unser Freund geht rein um die Streichhölzer zu holen. Ich bitte ihn, auch meine Flöte mitzubringen. Er kommt mit beidem zurück. Das Feuer wird entzündet und eine Flamme schnellt empor. Der Wind frischt zunehmend auf doch das Feuer brennt dank des Grillanzünders fort. Ich rufe das Drachenfeuer und beschwöre auf der Flöte spielend die Drachengeister. Das Feuer wandelt sich in große, lodernde Flammen. Wir werfen das Brett hinein und bitten um Reinigung und Befreiung der Seelen. Die Flammen bekommen schwarze Ränder und das Brett scheint kein Feuer zu fangen. Meine Freundin gibt noch etwas Anzünder nach und die schwarzumrandeten

56

Flammen schießen mit einem lauten Dröhnen in die Höhe. Der Sturm wird immer stärker und es beginnt zu hageln. Wir müssen hinein gehen, hier draußen ist es jetzt zu gefährlich. Wir holen den Hund aus der Hütte und retten uns durch den Sturm in das Haus. Das Feuer kämpft gegen den Sturm an und brennt lichterloh. Die schwarzen Ränder an den Flammen wirken wie aus einer anderen Welt. Ein Blitz scheint in den Korb einzuschlagen und mit einem verheerenden Knall und gleißendem Licht verlieren wir alle drei das Bewusstsein.

Der Hund leckt mir über das Gesicht. Die Sonne scheint. Benommen sehe ich mich um. Es ist Morgen. Die anderen beiden kommen auch zu sich. Wir fragen uns, was passiert ist. Dann fällt uns das Feuer wieder ein. Wir gehen zum Korb. Das Brett scheint verbrannt, aber es hat noch seine Form. Mit einem Stock sticht unser Freund hinein und es zerfällt zu Ascheklumpen. Die Asche bringt sieben Stücke zu Tage, die an menschliche Schädel erinnern. Auch sie zerfallen zu Staub.

Der dritte

Stock

Es lebte einst ein kleines Kind mit seiner Familie in einem Mehrfamilienhaus. Es war eines dieser grauen Blockbauten. Der neue Wohnraum war komfortabel, alle Familien in dem Haus waren glücklich und zufrieden. Es bildete sich eine Gemeinschaft. Der Aufgang hatte zehn Wohnungen. Das Kind und seine Familie lebten im vierten Stock. Die Wohnung unten ihnen wurde zuletzt belegt. Ein älterer Mann und seine Frau zogen ein. Sie waren sehr herzlich und freundlich zu allen und fügten sich schließlich blendend in die Hausgemeinschaft ein. Das Kind war noch sehr klein und dem Kinderwagen noch nicht ganz entwachsen. Seine Eltern fuhren ihn gern spazieren bei schönem Wetter. Die Umgebung bot viel Grün und schöne Wege. Ein Wald war auch nicht fern. Manches Mal trafen sich die Bewohner auf den Spaziergängen. Andere hatten auch Kinder, etwa im gleichen Alter. Der ältere Mann aus dem dritten Stock lächelte immer wieder gern zu dem Kind in den Kinderwagen hinein. Er tat dies kaum bei den anderen Kindern. Vermutlich fand er dieses Kind besonders niedlich. So dachten es sich auch die Eltern des Kindes.

Einige Jahre vergingen und das Kind wuchs heran. Es war eine schöne Zeit. Zusammen mit den anderen Kindern spielte es draußen vor dem Haus. Die Mütter wechselten sich mit der Aufsicht ab. Das eine alte Ehepaar aus dem fünften Stock hatte sich inzwischen eine Katze zugelegt. Die Kinder liebten sie. Obwohl das Ehepaar so weit oben wohnte, war die Katze auch ein Freigänger. Wann

60

immer sie wieder in Haus wollte, wartete sie am Hauseingang bis jemand hinaus oder hinein ging, um dann die Gelegenheit zu nutzen. Vor der Wohnungstür oben angekommen, machte sie sich dann bemerkbar oder wartete geduldig. Es war eine typische grau-schwarz getigerte Hauskatze. Aber sie war freundlich. Den Kindern machte es große Freude, die Katze wieder ins Haus zu lassen und sie in den fünften Stock zu begleiten oder wieder aus dem Haus zu lassen. Natürlich begegneten sie dabei auch immer wieder den anderen Hausbewohnern. Und immer, wenn sie das Ehepaar aus dem dritten Stock trafen, bekamen sie einen Bonbon. Das Ehepaar freute sich zu sehen, wie gut erzogen die Kinder waren. Sie haben jeden ordentlich gegrüßt, dem sie begegneten. Das eine Kind schien nach wie vor der Liebling zu sein. Wenn sie ihm ein Bonbon schenkten, beugte sich der Mann zu ihm hinunter und sah ihm tief in die Augen. Das Kind mochte die beiden. An den Mann konnte es sich gut erinnern. Er hatte ein schmales Gesicht, bekam schon graue Haare und hatten einen kurzen Bart. Doch etwas mochte das Kind nicht so gern. Die beiden rochen etwas komisch. Ein Geruch, den das Kind vorher noch nie gerochen hatte. Einmal erzählte es seiner Mutter amüsiert davon. Sie lehrte ihm, das sei unhöflich und so etwas sage man nicht. Ältere Menschen hätten manchmal einen eigenen Geruch. Das sei nicht schlimm und man sage es ihnen nicht, denn das würde sie verletzen. Ähnlich handhabe es die Mutter, wenn das Kind andere Menschen mit Beeinträchtigungen sah. Einmal sah es beim Einkaufen eine alte Frau mit Parkinson. Irritiert berichtete es der Mutter, dass die eine Frau dort immerzu nickt und dann mit dem Kopf schüttelt. Die Mutter brachte ihm bei, dass man dort nicht hinstarrt und dass es den Menschen weh tut, angestarrt zu werden. Das Kind folgte. Aus ihm würde sicherlich ein guter Mensch werden.

Eines nachts wurden die Eltern des Kindes unsanft geweckt. Das Kind schrie aus Leibeskräften in seinem Bett. Mutter und Vater eilten zu ihm. Das Gesicht war rot angelaufen und dicke Tränen kullerten aus seinen Augen. Das Kind zitterte am ganzen Körper und krallte sich fest an seine Eltern, als sie zu ihm ans Bett kamen. Es war ein Alptraum, ein böser Alptraum, den das Kind erlebt hatte. Die Eltern trösteten das Kind. Die Mutter meinte, das Kind fühlte sich etwas warm an. Aber vermutlich hatte es im Schlaf so sehr getobt, dass die Körpertemperatur etwas gestiegen ist. Sie nahmen das Kind mit zu sich ins Bett, wo es zwischen den beiden selig einschlafen konnte. Für die Eltern blieb nicht viel Platz, denn das Kind machte es sich wirklich bequem. Aber auch das gehört zum Elterndasein. Hauptsache, alles war wieder gut.

Doch bei dieser Nacht sollte es nicht bleiben. Immer wieder wachte das Kind schreiend auf. Immer wieder hatte es einen furchtbaren Alptraum und immer wieder mussten die Eltern es beruhigen. Mit der Zeit entwickelte sich das Geschehen zu einem größeren Problem. Denn sein

62

Schreien war so laut, dass auch die benachbarten Bewohner es nachts hörten und wach wurden. Die Regelmäßigkeit der Alpträume wurde zur Belastungsprobe für alle. Das Ehepaar aus dem dritten Stock jedoch sprach den Eltern Mut zu. Es sei sicher nur eine Phase und würde bestimmt wieder von selbst vergehen, wie es gekommen war. Doch es wurde nicht besser. Verzweifelt ließen die Eltern das Kind immer wieder untersuchen. Denn es hatte nicht nur die Alpträume. Aus den Alpträumen wachte es immer wieder schweißgebadet und mit hohem Fieber und Schüttelfrost auf. Doch egal wie man das Kind untersuchte, egal welche Tests man machte, egal welche Fragen man ihm stellte – das Kind schien kerngesund. Alles was blieb war der Ratschlag, in Büchern und im Fernsehen alles zu meiden, was dem Kind unheimlich sein könnte, um die Alpträume nicht zu provozieren. An jedem Morgen nach einer alptraumgeprägten Nacht ging es dem Kind blendend. Kein Fieber, keine Schmerzen, kein Zittern. Das Verhältnis zu den anderen Bewohnern wurde langsam aber sicher immer angespannter. Die Kinder der zweiten Familie aus dem fünften Stock begannen das Kind zu meiden. Ihre Kinderzimmer lagen direkt übereinander und so waren sie wenig über die nächtlichen Schreiattacken erfreut. Die Mutter betete jeden Abend zu Gott und bat ihn um Hilfe und Ruhe für das Kind.

Nachdem dieser Zustand eine ganze Weile anhielt, wollte sich die Großmutter des Kindes der Sache annehmen. Sie war etwas abergläubisch und die Mutter ignorierte viele der seltsamen Ratschläge. Nicht zuletzt wegen ihres Glaubens. Doch die Großmutter beharrte darauf, dass es mit dem Mann aus dem dritten Stock zu tun habe. Schon vor Jahren hatte sie die Mutter ermahnt, ihn nicht in den Kinderwagen schauen zu lassen. Einigen Menschen in der Stadt ist dieser Mann als Besprecher bekannt. Er heile Warzen, taube Ohren und allerlei andere Gebrechen auf seltsame Weise. Ein Kind etwa soll wieder auf dem tauben Ohr gehört haben, nachdem er ihm eine gehörige Portion Speichel in den Rachen spuckte. Er verlange keine Bezahlung und man dürfe für das vollbrachte Werk nicht danken, sonst vergehe es wieder. Die Mutter tat dies als Unfug ab. Immerhin hat der Mann noch nie so eine Behandlung angeboten, obwohl er von der Problematik wisse. Für die Großmutter jedoch war der Fall klar. Solche Menschen bezögen ihre Kraft aus kleinen Kindern. Und dieser Mann hat sich ihr Enkelkind dafür ausgesucht. Doch die Mutter konnte das beim besten Willen nicht ernst nehmen.

Das Kind konnte sich genau an den Alptraum erinnern. Denn es war in jeder Nacht derselbe Traum. Im Wohnzimmer der Familie lag ein für die damalige Zeit typischer Teppich mit einem runden, orientalischen Muster. Das Kind stand in der Mitte dieses Musters. Dann plötzlich begann alles, sich zu drehen. Das Kind war gefangen, unter dem Arm eines unbekannten dicken und verschwitzten Mannes eingeklemmt. Das Gesicht konnte es nicht erhaschen. Der dicke Mann hatte nur eine Unterhose und ein Unterhemd an. Er drehte sich mit dem Kind im Kreis, immer um seine eigene Achse, rasend schnell. Dabei lief dem Kind der dickflüssige Speichel dieses Mannes ins Gesicht. Panik befiel das Kind, es war eng, es war zu warm, es war widerwärtig. Doch es kam nicht frei.

Die Situation besserte sich nicht. Das Kind wurde langsam etwas schwächlich. Die Mutter schob das auf die Übermüdung und Anstrengungen in der Nacht. Doch sie bat die Großmutter schließlich um Rat. Diese blieb bei ihrer Behauptung, dass der Mann im dritten Stock, der Besprecher, die Schuld trage. Er habe das Kind angezapft und wird es leersaugen, bis es stirbt. Die Mutter sollte das Kopfkissen des Kindes stets prüfen. Wenn sich aus den Federn ein Halbmond formt und dieser sich eines Tages zu einem Kranz schließt, dann stirbt das Kind. Erschüttert von dieser haarsträubenden Warnung entschied sich die Mutter, diesem Aberglauben doch keine Beachtung zu schenken. Doch dem Kind ging es nicht besser. Eines Morgens beim Bettenmachen blieb der Mutter jedoch fast das Herz stehen. Da war etwas im Kopfkissen des Kindes. Eine Verhärtung. Sie tastete es behutsam ab. Es war, es würden statt Daunen auch Gänsefedern im Kopfkissen des Kindes sein. Und sie bildeten einen Halbkreis, einen Halbmond. Jetzt traf es sie wie der Schlag. Der Mann aus dem dritten Stock hat tatsächlich immer lange in den Kinderwagen geschaut. Er hat viel mit dem Kind gesprochen. Er hat das Kind immer besonders behandelt. Er hat dem Kind immer wieder Bonbons gegeben. Das Kind nahm an dem Mann einen Geruch wahr, den niemand anderes bemerkte. Wenn nun doch etwas an diesem Aberglauben dran ist? Was ist dieser Mann wirklich? Die Eltern des Kindes entsorgten das Kissen und gaben ihm ein neues gefüllt mit Kunstwolle. Sie hofften, so könne sich kein Kranz mehr bilden. Doch es dauerte nicht lang, bis auch darin ein Knötchen zu fühlen war. Was hatten sie jetzt schon noch zu verlieren? Verzweifelt baten sie nun doch die Großmutter um Hilfe.

Die Verbindung des Besprechers zum Kind müsse getrennt werden. Die ganze Familie sollte den Mann und seine Frau meiden. Das Kind dürfe den Mann weder sehen noch sprechen, ganz zu schweigen davon, dass es keine Bonbons mehr annehmen darf. Wann immer man an der Wohnung des Mannes vorbei ging, sollte man ihn und seine Frau in Gedanken beschimpfen, verfluchen und vertreiben. Die Eltern konnten kaum glauben, dass das wirklich helfen sollte. Dennoch machte die ganze Familie mit. Sogar einige Nachbarn, denen die Mutter sich anvertrauen konnte. Das Kind wurde eindringlich belehrt, was es zu machen hatte. Es verstand nicht ganz wieso, doch es folgte den Anweisungen seiner Eltern. Die Situation im Haus änderte sich und die Anspannung war in der Luft zu spüren. Vor allem das Ehepaar aus dem dritten Stock schien es tatsächlich zu merken. Sie zogen sich zurück, man

66

begegnete ihnen kaum noch. Es ging so weit, dass sie schließlich sogar auszogen. Und ab dem Tag, da das Ehepaar nicht mehr dort wohnte, konnte das Kind wahrhaftig nachts in Ruhe schlafen. Der Alptraum kehrte nie wieder zurück, auch wenn er sich tief in das Gedächtnis des Kindes eingebrannt hatte.

Die Eigentumswohnung gehörte noch dem Ehepaar. Sie suchten neue Käufer. Doch die Wohnung stand eine ganze Weile leer. Und seltsame Dinge passierten seither in und um diese Wohnung herum. Manchmal sah die Familie flüchtig im Augenwinkel einen Schatten durch ihre Wohnung huschen. Sie und die Familie im zweiten Stock hörten immer wieder Klopfgeräusche aus der leerstehenden Wohnung. Es schienen Sachen herunterzufallen und über den Boden zu rollen. Feuermelder an der Decke im zweiten Stock, welche also der Fußboden der leerstehenden Wohnung darüber war, spielten immer wieder verrückt und gaben falschen Alarm. Eines Tages war die Wohnung an ein junges Paar verkauft. Auch sie hörten immer wieder Stimmen und Geräusche, hielten es jedoch für Lärm aus den Wohnungen über und unter ihnen und schlugen, wann immer sie es hörten, gegen die Heizungsrohe um Ruhe einzufordern. Das war eine Belastung für alle Bewohner dieser Seite des Aufganges. Das Kind wuchs weiter heran. Und tagsüber, wenn es von der Schule kam, hörte es immer wieder diese Geräusche aus der Wohnung im dritten Stock. Das junge Paar war nicht zu Hause und auf Arbeit, und dennoch fielen Dinge herunter und rollten über den offenbar gefliesten Boden. Inzwischen hat die Wohnung mehrere Male Besitzer und Eigentümer gewechselt. Doch noch heute ist es mit dieser Wohnung nicht ganz geheuer.

Schnitter's
Stund'

Es war bereits zehn Uhr abends, als es an der Haustür von Dana läutete. Doch war es für sie diesen Samstagabend nicht ungewöhnlich, denn sie erwartete jemanden. Sie stand aus dem Sessel im Wohnzimmer auf, betrat den langen Flur und ging schließlich zur Haustür. Sie öffnete die Tür und begrüßte die erwarteten Gäste: eine alte blinde Frau und deren Assistentin. Dana stellte sich kurz vor und führte sie durch den Flur in das erste Zimmer auf der rechten Seite, dem ehemaligen Raucherzimmer des Hauses. Alle nahmen in altmodischen Sesseln platz, die um einen runden Tisch standen.

Die alte Dame war Madame Cabal. In der Kleinstadt nannte man sie „Weise Frau". Es hieß, sie könne mit Toten in Kontakt treten und beherrsche die alte Magie und einige Flüche. Dana hatte sie nicht grundlos eingeladen. Das Gesicht der alten Frau wirkte streng und war von tiefen Falten gezeichnet. Die grauen aber dennoch vollen Haare trug sie zu einem Dutt. Die Augen waren mit einem Stück Stoff verbunden, welches mit feinen Stickereien verziert war. Ihr Anblick erinnerte Dana an die Darstellung der Justitia. Sie legte die Hände auf den Sessellehnen ab und neigte den Kopf, als würde sie konzentriert auf etwas lauschen.

„Erzählen Sie Madame Cabal genau, was passiert ist.", leitete die Assistentin die Sitzung ein. Sie wirkte weit wenig streng. Im Gegensatz zu dem scheren Wollmantel von Madame Cabal trug sie

70

ein leichteres, wenn auch altmodisches Kleid.

„Nun gut.", begann Dana und erzählte:

„Alles fing an, als ich die große antike Standuhr am Ende des Flures erworben hatte. Ich erstand sie in dem Antiquariat, das hinter dem Rathaus. Sie hatte mich ein gutes Stück Geld gekostet, aber ich wollte sie unbedingt haben. Sie erinnert mich an die Uhr, die bei meinem Großvater im Haus stand. Als Kind stand ich so oft fasziniert vor seiner Uhr. Aber diese Kindheitserinnerungen sind bisher das einzig Positive, was ich mit meiner Standuhr hier in Verbindung bringen kann. Aber bevor ich weiter erzähle, kann ich Ihnen etwas zu trinken anbieten?"

„Einen Jasmintee für uns beide, bitte, wenn sie welchen im Haus haben.", antwortete die Assistentin während Madame Cabal zustimmend langsam nickte. Sie hatte bisher noch kein einziges Wort gesagt. Dana ging in die Küche und bereitete den Tee zu. Während dessen sah sich die Assistentin im Raucherzimmer um und bestaunte die großen schweren bordeauxfarbenen Vorhänge an den Fenstern und den eisernen Kronleuchter an der Decke. Eine solche Einrichtung würde man einer Frau mittleren Alters nicht unbedingt zutrauen. Eine Ecke des Raumes wird von einer großen geschwungenen Zimmerpflanze geziert, auf den Fensterbrettern stehen fein bemalte Tonvasen und kleine Messingskulpturen. Madame Cabal schien in sich gekehrt zu sein, vielleicht aber auch nur konzentriert. Dana kam mit einem Teegedeck zurück und schenke den beiden Frauen ein.

„Vielen Dank. Bitte fahren Sie doch mit ihren Ausführungen fort."

„Das erste was mir gleich am nächsten Morgen auffiel war, dass die Uhr genau eine Stunde nach ging. Ich dachte mir nichts weiter dabei. Die Uhr hat schon einige Jahrzehnte Jahre auf dem Buckel und da kann das Uhrwerk schon mal kleine Probleme machen. Der Besitzer des Antiquariats versicherte mir zwar, sie restauriert zu haben, aber letztlich bleiben eine Macken bei dem alten Uhrwerk nicht aus. Ich stellte sie also vorsichtig um eine Stunde vor. Den Rest des Tages ging sie genau. Doch am nächsten Morgen musste ich erneut feststellen, dass sie eine Stunde nachging. Und zwar exakt eine Stunde. Ich bat einen Uhrmacher vorbeizuschauen, um sich das Uhrwerk doch mal anzusehen. Er musste extra aus der großen Stadt kommen. Doch er konnte keinen Fehler in der Funktion finden. Er bot an, sie mitzunehmen und genauer zu prüfen. Er konnte mir jedoch nicht versprechen, ob er etwas ändern kann. Ich wollte die Uhr hierbehalten und lehnte daher ab. Es schien so, als hätte er nicht in das Uhrwerk schauen sollen. Es ist, als hätte er etwas frei gelassen. Das hört sich sicher lächerlich an..."

"Nicht für uns. Bitte fahren Sie doch dort.", beruhigte die Assistentin Dana.

"Nun gut. Seit diesem Tag passieren seltsame Dinge hier im Haus. Anfangs hörte ich Schritte aus dem Flur kommen. Erst nur nachts, doch dann auch nachmittags und mittlerweile ganz unwillkürlich zu jeder erdenklichen Tageszeit. Der Uhrenkasten steht an manchem Morgen offen. Ich höre immer öfter ein Flüstern und Jammern. Ich habe das Gefühl, langsam verrückt zu werden. Diese Stimmen verfolgen mich im ganzen Haus. Ich habe Angst, sie womöglich auch noch auf der Arbeit zu hören. Der schwere Kronleuchter über uns schaukelt des Öfteren, Tassen fallen aus dem Schrank oder Türen fallen zu, ohne dass ein Fenster offensteht. Manchmal geht sogar das Kaminfeuer im Wohnzimmer ohne erkennbaren Grund aus. Und jeden verflixten Morgen geht die Uhr genau eine Stunde nach. Ich weiß mir nicht zu helfen und es macht mir immer mehr Angst. Besonders nachts fühle ich mich beobachtet. Ich höre die Schritte im Flur, aber es ist niemand im Haus. Ich habe die Schlösser in den Türen überprüfen lassen, es kann niemand hineinkommen. Das Flüstern, das mich manchmal sogar aus dem Schlaf holt, Gegenstände die sich von allein bewegen, Schatten die sich im Uhrenglas spiegeln. Es ist wirklich unheimlich. Ich habe das Gefühl, hier nicht mehr allein zu sein. Ich fühle mich ausgeliefert. Doch von der Uhr möchte ich mich nicht trennen. Sie hat mich ein kleines Vermögen gekostet und sie ist auch einfach ein wunderschönes Stück. Ich hoffte daher, Madame Cabal könnte mich und die Uhr von diesem Unheil befreien."

Die alte Frau schlug mit der flachen Hand auf den Tisch und Dana zuckte erschrocken zusammen. Jetzt endlich begann sie zu reden:

„Bitte, zeigen Sie mir die Uhr. Ich möchte sie sehen!", sagte sie langsam mit einer unheimlich rauchigen Stimme, die auf seltsame Art aber doch ein Gefühl von Sicherheit vermittelte.

Dana stand auf, die Assistentin half Madame Cabal aus dem Sessel, nahm sie am Arm und führte sie Dana folgend in den langen von Gemälden gesäumten Flur und schließlich vor die große Standuhr, die monoton vor sich hin tickte. Madame Cabal stand davor und tastete das Uhrengehäuse ab. Sie hielt ein Ohr gegen das Glas und schien zu lauschen. Dana hörte in diesem Moment nichts. Als wollte sie sich selbst bestätigen nickte die alte Frau langsam und drehte sich zu ihrer Assistentin:

„Wir müssen das arme Ding aus der Uhr befreien."

„Was meinen Sie!?"; fragte Dana erschrocken.

„In dieser Uhr, oder vielmehr an dieser Uhr, hängt die Seele des vorherigen Besitzers. Wissen Sie, wenn Menschen sehr an einem Objekt im Leben gehangen haben, kann es passieren, dass ihre Leidenschaft für dieses Objekt sie daran hindert, nach dem Tod ins Licht zu gehen. Manche verweilen auch hier, weil sie eines grausamen Todes gestorben sind und das Trauma psychisch nicht überwinden können, oder noch Dinge zu erledigen haben. Sie finden keine Ruhe und durchleben immer wieder ihre Ängste. Wenn sie Hilfe suchen, machen sie sich bemerkbar auf eine Art, dass wir Lebenden es merken."

„Also sind das die Dinge, die hier vor sich gehen?"

„Ganz genau, junge Frau. Wir müssen die arme Seele fragen, was sie hier festhält.", sagte Madame Cabal und klopfte mit dem Handrücken gegen die Schulter ihrer Assistentin. Sie begleitete die alte Frau in das Raucherzimmer zurück und bat Dana,

74

den Tisch frei zu räumen. Währenddessen holte sie aus einer alten Ledertasche einen schwarzen Filzstift sowie einen alten Block Papier heraus. Dana räumte den eleganten Aschenbecher aus Zinn so einen Kerzenhalter und das Teegedeck beiseite. Das Decken mit Spitze musste ebenfalls weichen.

„Mediales oder automatisches Schreiben...", sagte die Assistentin den verwunderten Blick von Dana lesend.

„Madame Cabal wird mit der Seele in Kontakt treten und als Medium dienen. Die Seele wird durch Madame auf dem Papier schreiben. Ich werde die Worte vorlesen und die Kommunikation unterstützen. Jetzt müssen Sie uns helfen und bitte alle Lichter im Haus löschen."

"Im gesamten Haus?"

"Ja, bitte. Im gesamten Haus. Licht kann Wesen anziehen oder verdrängen. Hier, an diesem Tisch, soll der Fokuspunkt des Hauses liegen."

„In Ordnung.", antwortete Dana verunsichert und ging los, die Lichter im ganzen Haus zu löschen. Sie begann in der oberen Etage. Die Assistentin holte während dessen eine große weiße Kerze aus der Ledertasche, stellte sie in die Mitte des runden Tisches und entzündete sie. Die Atmosphäre war unheimlich, beinahe unwirklich. Das Licht der Kerze reichte gerade so bis zu den Vorhängen. Die Ecken des großen Raucherzimmers blieben in der Dunkelheit verborgen. Richtig deutlich sehen konnte man nur direkt um den Tisch herum. Dana kehrte in den nun in Schatten gehüllten Raum zurück und setzte sich zurück an den Tisch. Vor der blinden alten Frau lag der Schreibblock, in der Hand hielt sie den Stift.

"Bitte.", sagte sie leise ihrer Assistentin entgegen. Sie nahm Madame Cabal die Augenbinde ab und faltete das Stück Stoff behutsam zusammen, setzte sich und legte es in ihren Schoß. Im flackernden Licht der Kerze blinkten die grauen, bleichen Augen der alten Frau, die keine Pupillen zu haben schienen, auf. Sie begann in Zeilen auf dem Block zu malen. Es waren nur zusammenhängende Kringel, bis sie schließlich zu rufen begann:

„Oh, du einsame Seele in diesem Haus. Verlasse die Finsternis um dich herum und trete in das Licht vor mir. Komm in unsere Mitte, aus den Schatten in das Licht! Erzähle mir, was hält dich hier? Aus den Schatten in das Licht, so folge meiner Stimme. Komm zu uns ins Licht. Erzähle mir, was hält dich hier?"

Das Rufen von Madame Cabal wurde immer mehr zu einem Singsang. Dana wurde es unheimlich bei dem Gedanken, den ungebetenen Besucher in ihrem Haus direkt in ihre Mitte zu rufen. Die Vorstellung, dass aus der Dunkelheit um sie herum sich etwas langsam anschleichen und an den Tisch begeben würde, jagte ihr Schauer über den Rücken. Ihr Herz begann zu rasen als sie plötzlich wieder diese Schritte aus dem Flur hörte, die sich dem Raucherzimmer zu nähern schienen. Die Assistentin bat sie, ruhig zu bleiben, während die alte Frau ihren Singsang fortsetzte. Dana spürte eine Berührung auf ihrer rechten Schulter, wie eine entlang streifende Hand. Als schließlich die Schritte unmittelbar neben dem Tisch zu hören

76

waren und Dana ihr Herz bis zur Kehle schlug, begannen sich die Kringel, die die alte Frau malte, langsam zu Buchstaben zu formen. Die Assistentin las langsam und laut vor, was geschrieben wurde: „Eins... Zwei... Drei... Vier... Fünf... Sechs... Sieben... Acht... Neun... Zehn... Elf... Zwölf... Dreizehn... und ich werde nicht gehen. Ich bin hier um jeden zu warnen, von dieser Uhr zu lesen. Denn diese Uhr bringt den Tod! In meinem Haus hat sie gestanden. Jeden Tag fehlte eine neue Stunde. Ich stellte sie nach und holte mir die Stunde zurück. Die Neugier packte mich, und so wollte ich schauen, wohin meine Stunden verschwanden. Ich wartete den Tag vor der Uhr, bis die Nacht hereinbrach und der neue Tag beginnen sollte. Jedoch, als die zwölfte Stunde schlug, wurde es still um mich herum. Nur das Ticken der Uhr war zu hören, während das Pendel hin und her schwang. Der Minutenzeiger schritt weiter, doch die Stunde, sie blieb stehen. Dann hörte ich, wie man meinen Namen rief. Von draußen aus der Dunkelheit kam das ungeheuerliche Rufen. Es kratze sich an den Wänden entlang und in mein Ohr. Ich ging hinaus und doch sah ich niemanden. Dann ein grässliches Heulen, das mir entgegenraste. Ein großer Schatten verfolgte mich und zwang mich in den Wald zu fliehen. Mein Herz raste, meine Glieder zitterten und die Haut kribbelte mir am ganzen Leib. Ich spürte schon bald meine Glieder nicht mehr, doch ich rannte und rannte immer tiefer in die mich umringende Finsternis des Waldes. Doch egal welche Richtung ich einschlug, den heulenden Schatten hing ich nicht ab. Panik und Verzweiflung kontrollierten mich, Zweige brachen unter meinen Füßen und ein dichter Nebel verhüllte langsam den bleichen Mond. Ich hatte keinerlei Orientierung mehr. Die Angst trieb mich, mich umzusehen. Und als ich wagte nach hinten zu sehen, spürte ich einen kräftigen Schlag auf meiner Wange und ich fiel in das schmutzige, nasse Laub. Alles wurde schwarz. Nur die Sonne erst konnte mich wecken und zeigte mir den Baum neben dem ich lag. Wie viele Stunden wurden mir genommen? Ich irrte durch den erwachenden Wald und fand zu meinem Haus zurück. Doch sah ich nichts weiter als wie sie meinen leblosen Körper aus dem Hause trugen. Dann sah ich meine Frau wieder."

Plötzlich schrie Madame Cabal mit aller Kraft lauf auf und ließ den Stift fallen. Dana erschrak fürchterlich und sprang vom Tisch auf. Und wie sie gegen das Tischbein stieß, fiel die Kerze um und das flüssige Wachs erstickte langsam die Flamme. Sie wurde kleiner, erst orange, dann blau, dann Rauch. Eine eiskalte Finsternis verdunkelte das Zimmer und die Vorhänge wurden schwarz wie die Nacht. Ein Hämmern und Schlagen hallte von den Wänden und der Decke wider. Der Kronleuchter knirschte entsetzlich, so stark musste er schaukeln. Die Türen schlugen unbarmherzig auf und zu, während die Frauen von Angst erfüllt schrien. Es gab einen großen Knall und dann Stille. Nur das leiser werdende Quietschen des sich beruhigenden Kronleuchters war zu hören. Und dann kein Laut mehr. Nur dreizehn Schläge einer Uhr.